徐志摩纪念馆 Xu Zhimo's Memorial Hall
回望徐志摩
罗烈弘 陈武 主编

# 玛丽玛丽

[爱尔兰] 詹姆斯·斯蒂芬斯 著
徐志摩 沈性仁 译

中国文史出版社

## 图书在版编目（CIP）数据

玛丽玛丽 /（爱尔兰）詹姆斯·斯蒂芬斯著；徐志摩，沈性仁译 . -- 北京：中国文史出版社，2021.12

（回望徐志摩）

ISBN 978-7-5205-3208-2

Ⅰ . ①玛… Ⅱ . ①詹… ②徐… ③沈… Ⅲ . ①长篇小说—爱尔兰—现代 Ⅳ . ① I562.45

中国版本图书馆 CIP 数据核字 (2021) 第 203204 号

**责任编辑：金　硕　刘华夏**

---

| | |
|---|---|
| 出版发行 | 中国文史出版社 |
| 社　　址 | 北京市海淀区西八里庄路 69 号院　邮编 :100142 |
| 电　　话 | 010-81136606 81136602 81136603 81136605（发行部） |
| 传　　真 | 010-81136655 |
| 印　　装 | 阳谷毕升印务有限公司 |
| 经　　销 | 全国新华书店 |
| 开　　本 | 880 × 1230　1/32 |
| 印　　张 | 6 |
| 字　　数 | 155 千字 |
| 版　　次 | 2022 年 3 月北京第 1 版 |
| 印　　次 | 2022 年 3 月第 1 次印刷 |
| 定　　价 | 48.00 元 |

---

# 序

在我翻译往往是一种不期然的兴致。存心做的放着不做，做的却多半是不预期的。我想翻柏拉图，想翻旧约，想翻哈代、康赖特的小说，想翻斐德的散文，想翻鲁意思的歌德评传，想翻的还多着哪，可是永远放着不动手。不得空闲虽则不完全是饰词，但最主要的原因还在胆怯——不敢过分逼迫最崇仰的偶像一类的胆怯。翻译是一种直接的动手，动手动坏了怎么好？不敢动手的心理与尊崇心是正比例的。

但这短序不容我多谈。我说我的翻译多半是兴致。不错的。我在康桥译了几部书。第一部是《涡堤孩》。第二部是法国中古时的一篇故事，叫作“吴嘉让与倪珂兰”。第三部是丹农雪乌的《死城》。新近又印了一册《曼殊斐尔小说集》，还有凡尔泰的《赣第德》。除了曼殊斐尔是我的溺爱，其余的都可算是偶成的译作。

这本《玛丽玛丽》(在英国叫作 A Charwoman's Daughter——一个老妈子的女儿）是我前四年在硖石山上度冬时一时高兴起手翻的。当时翻不满九章就搁下了，回北京再也想不起兴致来继续翻。刘勉已也不知是哪一位捡了我的译稿去刊登了晨副，沈性仁看了说那小说不错，我一时的灵感就说那就劳驾您给貂完了它！随后我又跑欧洲去了。沈女士真守信，生活尽忙，居然在短时期内把全书给译成了交给我。是我懒，把稿子一搁就是一年多，想不到留到今天却帮了新月的忙。

詹姆斯·斯蒂芬斯（James Stephens）原书的作者，出身虽只是爱尔兰的寒族，他在文学界的贡献，早已不止“一瓶金子”(斯蒂芬斯的另一名著，原名 *Crock of Gold*)，他没有王尔德的奢侈，但他的幽默是纯粹民族性的。正如前百年的英国有 Jane Austen，现代英国有 J.M.Barrie，前百多年的苏格兰有 Robert Burns——现代的爱尔兰有詹姆斯·斯蒂芬斯。幽默是天才，正如悲剧的感觉是天才。他的不是肤浅的观察，那是描写外形的；他的是深入的体会，一个诗人的感觉在万千世界内活动的表现。运用文字本身并不是什么了不得的伎俩，但要运用文字到一种不可错误的表现的境界，这戏法才变得巧妙。斯蒂芬斯有这本领。

现代是感情作用生铁门笃儿主义打倒一切的时代，为要逢迎贫民主义劳民主义起见，谁敢不呐喊一声“到民间去”，写书的人伏在书台上冥想穷人饿人破人败人的生活，虽则他们的想象正许穷得连穷都不能想象，他们恨不能拿缝穷婆的脏布来替代纸，拿眼泪与唾沫来替代字，如此更可以直接地表示他们对时代精神的同情。斯蒂芬斯给我们的是另一种的趣味。他写穷人的生活，不错，但他开我们眼的地方不是穷的描写，而是生活的表现，在这里穷富的界限是分不到的。一枝草花在风前的招展，一只小鸭在春水里的游泳，玛丽姑娘碰到巡警伟人小心的怦动，莫须有太太梦想的荒唐，什么事物什么境地的光与色折射上了诗人的灵性的晶球，斯蒂芬斯用他那神妙的笔法轻轻地移映到文字的幕面上来逼我们读者的欢喜与惊奇。

但这转译当然是一种障碍，即使不至是一种隔膜。翻译最难是诗,其次是散文写成的诗。《玛丽玛丽》是后一类。

经过一度移转，灵的容易变呆，活的容易变死，幽妙的容易变粗糙——我不能为我们自家的译品昧着良心来辩护，但我们当然也只能做我们做得到的事。我们的抱歉第一是对作者，第二是对读者。

志摩，八月三日

# 目 录

CONTENTS

# 一

玛丽与她的母亲，莫须有太太，住在一所高大的黝黑的屋子的顶上一间小屋子里，在都柏林城里的一条后街上。她从小就住在这间屋顶的小房间里。天花板上所有的裂缝，她都知道，裂缝不少，都是奇形怪状的。旧极的糊纸的墙上长着无数霉菌的斑点，她也是熟悉的。她看着这些斑点从灰影子长成黑斑，从小污点长成大霉块，还有墙脚边的破洞，晚上蟑螂虫进出的孔道，她也知道。房间里只有一面玻璃窗，但她要向窗外望时，她得把窗子往上推，因为好几年的垢积已经淹没了玻璃的透明，现在只像是半透光的薄蛎壳了。窗外望得见的也只是隔壁那所屋子顶上的一排烟囱土管，不息地把煤点卷向她的窗子，所以她也不愿意多开窗，因为开窗就得擦脸，用水也得她自己走五层楼梯去提，因此她更不愿意熏黑了脸子多费水。

她的母亲简直的不很洗脸，她以为濯洗不是卫生的，容易擦去脸上本来的光润，并且胰子水不是敛紧了皮肤，就是泡起了皱纹。她自己的脸子有地方是太紧，有地方又是太松，玛丽常常想那松的地方一定是她母亲年轻时擦得太多了，那紧的地方一定是她从来没有洗过的。她想她情愿脸上的皮肤不是全松就是全紧，所以她每次洗脸她就满面地擦一个周到，不洗的时候也是一样的不让步。

她的母亲的脸子是又陈又旧的象牙的颜色。她的鼻子是像一只大的强有力的鸟喙，上面的皮张是绷得紧紧的，所以在烛光里，她的鼻子呆顿顿地亮着。她的一双眼是又大又黑像两潭墨水，像鸟眼一样的铄亮。她的头发也是黑的，像最细的丝一样的光滑，放松的时候就直挂了下来，盖在她的象牙色的脸上发亮。她的嘴唇是薄的，差不多没有颜色，她的手是尖形的，敏捷的手，握紧了只见指节，张开了只见指条。

玛丽爱极了她的母亲，她的母亲也爱极了她的女儿，她的爱是一种剧烈的热情，有时发作凶猛的搂抱。每次她的母亲搂住了她，时候稍为长一点，就出眼泪，抱紧了她的女儿一左一右地摇着，她那一把抓得凶极了，可怜的玛丽连气都转不过来，但是她宁可耐着，不愿意妨碍她妈亲热的表情。她倒是在那样搂抱的凶恶中感到几分乐趣，她宁可吃一点小苦的。

她妈每天一早就出去做工，往往不到晚上不回家的。她是个做短工的佣妇，她的工作是洗擦房间与收拾楼梯。她也会得烧饭做菜，有时有针线活计她也做的。她做过最精致的衣服，年轻美丽的姑娘们穿了去跳舞或是去游玩的，她也做上品的白衬衫，那是体面的先生们宴会时穿的，还有花饰的背心为爱时髦的少年们做的，长筒的丝袜子跳舞用的——那是从前的事情了，因为她做成好看给别人拿走，她就生气，她往往咒骂到她那里来拿东西的人，有时她发了疯，竟是把做好的鲜艳的衣服撕烂了，用脚践踏着，口里高声地叫喊。

她时常哭泣因为她是不富。有时她做了工回家的时候，她爱假定她是有钱了的。她就凭空地幻想有某人故了，剩下给她一份大家产，或是她兄弟伯德哥从美洲发了大财回来了，她那时就告诉玛丽明天她想买这样，做那样，玛丽也爱那个……明天早上第一件事是搬家，搬到一所大房子去，背后有花园，园里满是鲜花满是唱歌儿的鸟。屋子的前面是一大块草地，可以拍网球，可以傍着秀气的雅致的年轻人散步，他们有的是俊俏的脸子与雪白的手，他们会说法文，很殷勤地鞠躬，手里拿着的帽子差一点碰着地。她们要用十二个底下人——六个男佣人，六个女佣人——都是很伶俐的，他们每星期拿十先令的工钱，外加膳宿。他们每星期有两晚可以自由，他们的饭也吃得很好的。她们要制备无数的好衣服，穿了在街道上散步的衣服与坐马车兜风的衣服，还有骑马衣与旅行的服装。还要做一件银红丝绸的礼服，镶领是阔条的花边；一件黄酿色缎子的，胸前挂着黄金的项链；一件最细洁的白纱的，腰边插一朵大红的玫瑰。还要黑丝的长袜用红丝线结出古怪的花样，银丝的围巾，有的绣着鲜花与精致的人物。

她妈打算这样那样的时候，她心里就高兴了，但是不久她又哭了，把她的女儿狠劲地搂在胸前摇着，搂得她叫痛。

# 二

每天早上六点钟玛丽姑娘爬出了床，起来点旺了炉火。这火却是不容易点着，因为烟囱许久没有打扫过，又没有风可以借力。她们家里又从没有柴条，就把乱纸团成小球儿垫着，把昨夜烧剩的炭屑铺上，再添上一把小煤块算数。有时一会儿火焰就蹿了上来，她就快活，但是有时三次四次都点不旺，往往点到六次都有，点着了火，还得使用一点小瓶子里的煤油——几条烂布头浸透了油，放在火里，再用一张报纸围着壁炉的铁格子，火头就旺，一小锅子的水一会儿就可以烧熟，不过这样的引火法容易把油味儿烟进水去，开出来的茶就是一股怪味，除了为省钱再没有人愿意喝的。

莫须有太太爱在床里多偎一会儿。她们屋子里也没有桌子，玛丽就把两杯茶，一罐炼乳，一小块的面包放在床上，她们母女俩就是这样吃她们的早点。

早上玛丽一张开眼，她妈就不断地讲话了。她把上一天的事情都背了一遍，又把今天她要去的地方，及可以赚一点小钱的机会都一一地说了。她也打算收拾这间屋子，重新裱糊墙壁，打扫烟囱，填塞鼠穴——一共有三个，一个在火炉格子的左边，还有两个在床底下。玛丽有好几夜只是醒着，听他们的牙齿啃着壁脚。他们的小腿在地板上赛跑。她妈还打算去买一块土耳其线毯铺在地板上，她明知道油布或是席布容易出灰，但是他们没有土耳其毯子好看，也没有那样光滑。她打算着种种的改良，她的女儿也是十二分的赞成。她们要买一个红木抽屉衣柜靠着这边墙上，买一架紫檀大钢琴贴着那边墙上。一架白铜的炉围，火钳火杆也都是铜的，一把烧水用的铜壶，一个烧白薯与煎肉用的小铁盘，玛丽等身大的一幅油画挂在炉架的上面，她母亲的画用金框子装了挂在窗的一面，还要一幅画着一只纽芬兰的大狗偃卧在一只桶里，一只稀小的猎狗爬过来与他做朋友，还要一幅黑人与白兵打仗的。

她妈一听得隔壁房间出来迟重的脚步声走下楼梯去，

她就知道她应该起来了。一个工人和他的妻子六个小孩住着。隔壁门一响，她就跳了起来，快快地穿上衣服，着忙似的逃出了屋子。她妈出了门，玛丽没有事做，往往又上床去睡一两个钟头。睡够了她起来，铺好了床，收拾了房间，走出门上街去闲步，或是圣士蒂芬公园里去坐着。公园里的鸟雀她全认得，有的已经生了小鸟的，有的正怀着小鸟的，有的从没有生过小鸟的——最后的一种大都是雄的，他们自有他们不生小雀儿的道理，玛丽却是懂不得，她只是可怜他们没有孩子，成心多喂他们一些面包屑算是安慰他们的意思。她爱看那些乳鸭子跟着他们母亲泅水：他们胆子很大，竟会得一直冲到人站着的岸边，使了很大的劲伸出小扁嘴去捡起一点不相干的东西，快活地吞了下去。那只母鸭子稳稳地在她儿女的附近泳着，嘴里低声地向他们唱着种种的警告、指导、埋怨的口号。玛丽心里想那些小鸭子真是聪明，水泳得那么好。她爱他们，旁边没有人的时候她就学他们的娘低声地唱着口号，但是她也不常试，因为她怕她的口号的意义不对，也许教错了这群孩子，或是与他们的妈教他们的话不合适。

湖上那座桥是一个好玩的地方。有太阳的一边，一大群的鸭子竖直了尾梢，头浸没在水里寻东西吃，水面上只剩了半个鸭子。有荫的一面好几百的鳗鱼在水里泅着。鳗鱼是顶奇怪的东西，有许多像缎带一样的薄，有些又圆又肥像粗绳子似的。他们像是从不打架的，那小鸭子那样的小，但是大鳗鱼从不欺侮他们，就是有时他们泅水下去他们也不理会。有的鳗鱼游得顶慢，看看这边看看那边像是没有事做又像乡下人进城似的；有的溜得快极了，一霎眼就看不见了。玛丽心里想泅得快的鳗鱼一定是为听得他们的小孩子在哭，她想一个小鱼哭的时候不知道他妈看不看得出他的眼泪，因为水里已经有那么多的水，她又想也许他们一哭就哭出一大块硬硬的，那是很容易看得见的。

看过了鱼她就到花坛那边去看，有的形状像有棱角的星，有的是圆形的，有的是方的。她最爱那星形的花坛，她也爱那圆形，她最不喜那方的。但是她爱所有的花，她常常替花儿编故事。

看过了花，肚子饿了，她就回家去吃午饭。她从葛拉夫登路的夏康内尔路那边回家。她总是从马路右首的走道回家。一路看店铺陈列的窗柜，回头吃过了中饭再出来，她就走左边的走道，照样地一家家看过去，她所以每天都知道城子里到了什么新鲜的东西，晚上就告诉她妈说孟宁那家窗子里那件西班牙花边绲口的黑绸衫已经换了一件红色的长袍，肩上有折裥，袖口配着爱尔兰花边的，或是永生珠宝铺里那颗定价一百镑的金刚钻已经收了进去，现在摆着的是一盒亮银的胸针与蓝珐琅。

在晚上她妈领着她到各家戏院的门前去走一走，看进戏院的人与放在路边的戏广告。她们回家吃晚饭的时候，她们就凭着她们方才看过的广告相片来猜想各家戏里的情节，所以她们每晚上床以前总是有很多的话讲的。玛丽在晚上讲话最多，但是她妈早上讲话最多。

# 三

她妈有时也提起她的婚事，这事还远着，但是总有那么一天的。她说这事还远着倒叫玛丽着急。她知道一个女孩子总得嫁人的，总有那么一天一个陌生的美丽的男子从一处地方来求婚，等到成了婚他就同了他的新娘，重新回转他从来的地方，那就是温柔乡。有时候（她一想就想着）他穿了军装，骑在红棕色的马上，他头盔上的缨须在青林里的树叶间飘着。或者他是站在一只飞快的船头上来的，他的黄金的盔甲上反射着烈火似的阳光。或是在一块青草的平原，风一般的快捷，他来了，跑着，跳着，笑着。

一讲到婚事她妈就仔细地品评那新郎的人品，他的了不得的才具，他的更了不得的财产，他的相貌的壮丽，穷人与富人对他一体的敬爱。她也要一件一件地讨论给她女儿的妆奁，将来新郎给她与给女傧相的种种奢侈的礼物，还有新郎家里给这一双新夫妇更值钱的宝贝。照这样的计算，新郎至少是一个爵士，贵族。玛丽就来寻根掘底地盘问一个爵士的身份种种，她妈的答案也是一样的细腻，一样的丰富。

一个爵士出世的时候他的摇篮是银子的，他死的时候他的尸体是放在一个金盒子里，金盒子放在一个橡木的棺材里，橡木棺又放在铅制的外椁里，铅椁又放在一个巨大的石柜里。他的一生只是在逍遥与快乐的旋涡里急转着。他的府第的周围好几里都是软美的青草地与香熟的果子园与啸响的青林，在林子里他不是带了欢笑的同伴打猎，便是伴着他的夫人温柔地散步。他的侍从有好几千，谁都愿意为他尽忠，他的资财的多少是无法计算的，都是堆积在地屋里，这里面低隘的甬道曲折地引到铁壁似的房窖里。

玛丽很愿意嫁给一个爵士。假如她轻盈地在林子里走着，或是独自在海边站着，或是在和风吹着长梗的草堆里躺着的时候，他要是来了，她愿意把她的手放在他的手掌里，跟了他去，从此就爱定了他。但是她不相信世界上还有这样如意的事情，她妈也不信。现在的世界！她妈侧着眼看现代的日子，满心只是轻蔑与恚怒。下流、丑陋的日子，下流、丑陋的生活，下流、丑陋的人，她妈说，现在的世界就是这么一回事，她接着又讲她去收拾屋子她去擦楼梯的人家，她那老象牙的脸上就从她漆黑鬓发边泛出火来，她的深沉的黑眼也转动起来，一直变成两块黑玉似的硬性与呆顿，她的手一开一放的，一会儿只见指节，一会儿只见指条。

但是玛丽渐渐地明白了，结婚是实事，不是故事，而且也不知怎的，结婚的一种情趣依旧是黏附着的，虽则她现住的屋子里只见是纷扰的家室，她常走的道上也只见是不出奇的配偶……那些灰色生活的，阴沉性质的人们也还有一点的火星在他们苦窘的经络里冒着烟。六尺深是埋不了人生的情趣的，除非泥土把我们的骨头胶住了，这一点火星总还在那里冒烟，总还可以扇得旺，也许有一天火焰蹿了上来，飞度了一乡一镇，还可以温热许多僵缩的人们的冷手哩。

那些男男女女怎样的合成配偶的？她还懂不得那基本的原则，永远鼓动着男性去会合女性。她还不明白男女性是个生理的差别，她只当是服饰的不同，有胡子与没有胡子的事情：但是她已经开始发现男子的一种特别的兴趣。路上那些急走的或是停逗的陌生人中也许有一个是运定做她的丈夫的。假如有一个男子忽然留住了脚步，上前来向她求婚，她也不会觉得离奇的。她觉得这是男子们唯一的事情，她再不能寻出第二个理由为什么世界有了女子要有男子，要是果然有人突然的向她求婚，她便应该怎样地答复他，这倒把玛丽难住了。她也许回答说：“是，多谢你，先生。”因为平常一个男子求人替他做一件事，她总是愿意效劳的。年轻人尤其有一种吸力，她总想不出为什么，有一点特别的有趣在年轻人的身上，她很愿意去和他们握一次手，究竟怎样的比一个女子不同。她设想就是她让男子打了一下，她也不会介意的，但是她看了男子行动的强健，她可猜想他们一定可以打得很重——还不是一样让男子打一下的意思，她总觉得脱不了一种可怕的有趣。她有一次无意地问她妈有没有让一个男子打过；她妈一阵子没有开口，忽然大哭起来，玛丽唬了一大跳。她赶快投入了她妈的怀里，让她狠劲地摇着，可怜她哪里懂得她妈突然的伤心，但是她妈却是始终不曾回答玛丽问她的话。

# 四

每天下午总有一队巡士从学院警察派出所里排成了又郑重又威严地单行出来。他们走到一处岗位，就有一个巡士站住了，整饬了他的腰带，捻齐了他的胡子，往上街看看，往下街张张,看有刑犯没有,他就站定在那里看管他日常的职务。

在诺沙街与沙福克街交叉的葛莱夫登大街那里，总有一位魁伟的宝货离开了他的队伍站定了，他在路中心高高地矗着，仿佛是一座安全与法律的牌坊，一直要到晚上换班时，方才再与他的同伴合伙。

也许这一个交叉路口要算是都柏林城里最有趣的地方。站在这里望开去，葛莱夫登大街上两排辉煌的店铺弧形地一直联到圣司蒂芬公园，尽头处是一座石门，原来叫作浮雪里，本地人重新定名为叛逆门。诺沙街在左，宽敞，洁净，穿度梅里昂方衢，直接黑石与王镇等处及海边。沙福克街在右，不如诺沙街的开朗与爽恺，曲曲地上通圣安得罗的礼拜寺，羞怯似的微触南城市场，低入了乔治街，再过去便是些纷沓的小巷了。交叉口的这一面葛莱夫登街又延过大学院（在大门口年轻的大学生卖弄着他们烂破的学袍，抽着他们怪相的烟斗），掠着爱尔兰银行，直到栗薇河，河边那条街好胜的本地人硬要叫作夏康内尔街，倔强的外国人，却偏要叫作撒克维尔街。

这里也是全城车辆与行人的交会处，所以总有一位雄伟的巡士先生站着。铛又铛的市街电车到推伦纽洼，到唐耐伯洛克，或到达尔基的不绝的在转角上飞骋着。集中在梅里昂方衢一带的时髦医生也是马车汽车的满街上乱颠着，大街上店铺里的货车等也是急急地飞奔着。四点钟左右出来散步的仕女们，各方面来的车辆与行人，自行车与双轮汽油车，电车与汽车，一齐奔辏到那单身的巡士站着的地方，看着他的又严厉又宽和的目光的挥。赶街车的都是与他熟识的，他的眼角的微瞅是在照会那些脸上红红的口角笑吟吟的马车夫飞过来的眼风，还有那些赶着赚不到钱看相凄凉的街车夫，一脸的紫气与无聊的气概的，他也少不得要招呼的。就是溜踏着的仕女们也避不了他那包罗万象的目光。他的伟大的脑壳不时地点着，他的老练的手指不时地驱挥着有数的靠不住的手脚，他也偶尔闪露着他的宽阔的、洁白的牙齿，应酬着爱嘻哈的少女，或是他相识的妇女，她们就爱他那一下子。

每天下午玛丽吃过了中饭又从家里出来，就到这个最热闹的地方。这位奇伟的巡士先生的样儿她心里爱上了。这还不是一个理想的男子汉，他那样儿多雄壮，多伟大。想象他那狠的粗大拳头使劲地扎下来！

她想象一个英雄打架时的身手，晃着他的大拳，高高地举着，霹雳似的栽下来，什么也挡不住，谁也熬不起——一只遮天的霸王的大手。她也爱瞧着他那两边晃着的大脑袋，他那镇定的骄傲的大乌珠——一双压得住，分得清，断得定的大眼睛。她从不曾准对他的眼光：她看了他的，自己就萎了下去像一个耗子对着猫儿的神睛畏畏缩缩地躲回了他的鼠洞。她常常躲在一家药房门前的那块石柱旁瞄着他，或是假装要搭电车，站在马路的那一边，她又掩在那家眼镜铺子过去一点的柱子边偷偷地觑了他一眼，赶快又把眼光闪了开去，只算是看街上的车了。她自以为他没有瞧着她，但是什么事也逃不了他的眼。他的事情就是看着管着：他第一次见了她就把她写录在他巡士脑筋里的记事簿上，他每天都见她，后来他就成心去瞧着她，他乐意她那偷偷的劲儿，有一天她的怕羞的、怯懦的眼光让他的罩住了。他那眼从上面望下来盖住了她——整个的世界，像是全变成了一只大眼——竟像是着了魔，她再也逃不了。

等到她神志清醒过来的时候，她已经站在圣司蒂芬公园的池边，全身只是又骇又喜地狂跳。那天晚上她没有走原路回家，她再不敢冒险去步行那伟大的生机体，她绕了一个圈子回家，但是她并没有觉得走远了。

那天晚上她在她妈跟前说话比往夜少。她妈见她少开口，怕她有心事问她要铜子不要——她脑筋里就是钱。玛丽说没有想什么，她就想睡，她就张开下巴打哈欠——哈欠是装的，答话也没有老实。她上床去也有好一会儿没有睡着。她开了眼对着屋子里阴沉的黑暗尽看，也没有理会她妈凶恶的梦话，她在大声地问睡乡要她醒着的世界里要不到的东西。

# 五

这是玛丽的模样儿——她有浅色的头发，很柔也很密。她要一放松就落了下来，简直像水一样地冲了下来，齐着她的腰，有时她散披了在房里走着，发丝很美地弧形似的笼着她的头，逼缩地掩住她的颈凹，宽荡地散掠着她的肩，随着她走路的身段激成各式的浪纹，涌着，萎着，颤着。她的发梢是又柔又缓的像水沫，又亮又光的像纯粹的淡金。在屋子里她不束发的时候多，因为她妈就爱那散披着头发的小姑娘的意思，有时她还要她女儿解了外裳，单穿着白衬裙，更看得年轻。她的头形长得很娇柔，很软和。她把头发全攒在头上的时候，她那娇小的头像是载不住发重似的。她的眼睛是澄清的，灰色的，又温柔又羞怯地隐在厚重的眼睑下，平常她的眼只看是半开似的，她又常常地看着地，不很放平着眼直瞧；她看人也就只一瞬，轻翻着，轻溜着，轻转着，一会子又沉了下去；还有，她要是对着谁看，她就微微地笑着，像是告罪她自己的鲁莽。她有一张小小的白脸，有几点与几处角度很像她母亲的，但她母亲那鸟喙形紧皮的鼻子却是不在玛丽的脸上，她的鼻梁收敛得紧紧的，鼻尖也就只些微的一放，刚够看得见。

她妈就爱那小鼻子，像是害臊，不很敢出头露面似的。现在她们站在她们那面镜子前，镜面有一条大裂缝儿从右手的顶角斜着下来，喝醉了似的，直到左手的底角，还有两块交叉儿的破绽，一上一下的，在镜面的当中。

所以谁要照镜的时候，一个脸子就变成四个古怪的相儿，顶可怕的；耳朵也许蒙着嘴唇，眼睛吊在下巴上诡怪地张着瞧。但是也还有法子照，她们用惯了知道破玻璃的脾气，就是偶然准头错了变了相，也不觉得可怕了。

每回她们娘儿俩并肩儿站着照相，莫须有太太总是仔细地品评镜子里的一双脸子，她点着她自己真正靠得住的鼻子又说她当初丈夫的鼻子也顶有分量的，她的女儿的鼻子为什么只有那么一点儿！除非她们上代或是旁支曾经有过小鼻子的种，她就历数着她的姊姊妹妹，一大群的姑母与祖姑母，从往古的坟里翻起历代的祖宗，叫所有死透了的鼻子重新活过来比着瞧。玛丽听着她妈那样科学地研究鼻子，她就张着她的害羞的好奇的眼微微地笑着，像是道歉她那呼吸器官的缺憾，回头她妈就亲她的脸上的精品，赌咒地说这是世界上最可爱的一个小鼻子了。

“大鼻子有人合适，”莫须有太太说，“有人可不合适，你要有了一个大的就不合适，我的乖。黑头发的，高身材的，军官先生们，法官，卖药的，他们的鼻子长得大神气，像你这样又小又白的人，可受不了大鼻子。我喜欢我自己的鼻子，”她又接着说，“我做小姑娘的时候在学堂里，同学的女孩子们全笑我的鼻子，可是我总是愿意他的，看熟了别人也就不讨厌了。”

玛丽的手脚，是又瘦小又软弱的，她的手掌比什么东西都软，她的掌上有五个小的，粉红色的肉垫子，从小拇指那里起有一个顶小的垫子，过去一个大一点，再过去更大一点，直到那大拇指底下的那个顶大的，匀匀地排着，看得顶整齐的。她妈有时爱亲这五块小垫子，她扳着一根指头，叫着她的名字，亲了一下嘴，再来第二个，这是玛丽的指头的名字——汤姆塔姆根斯，威利温各尔斯，郎但尼儿，塔西鲍勃推儿，最小弟小弟是的。

她的瘦小的女孩子的身材，现在正在发长到成人的体态，原来髫年的平直的肌肤渐渐地辨认出一半弧的曲线，渐渐地幻成了轻盈的酥肌，至微的起落引起某角度的颤震，隐隐地显示着将次圆满的妙趣：她有时也感觉着这些新来的扰动，她只得益发地矜持她原来无拘束的行动。

她母亲当然是很关心地注意着这渐放的春苞，有时不禁自喜与自傲，但亦往往私自地嗔着她的小姑娘，也不免长成一个大姑娘。她真的愿意玛丽永远是一个天真烂漫的孩子；她怕玛丽有一天完全地长成了妇人，那时便许有种种的不便阻碍她们母女间自然的活泼的情景。一个成年的女子也许不再愿意受人看护，不比小女子永远是依人的小鸟。莫须有太太就怕哪不愿意，事实上玛丽的确已经感觉到一个苏醒着的肉体与新奇的温暖的戟刺，她妈只当她小孩似的养育与日常慈爱的拥抱渐渐地不能使她满足。她有时私自地想她也来把她搂在她的胸前，一样的温存地摇着，轻唤着宠惜的小语，缓吻着怀里的头顶与半掩的腮弧，但她却不敢尝试，怕惹她妈气。这一点她妈是不容易让步的，她爱她的姑娘去亲吻她，轻抚着她的手与面，但她却不愿她的女儿来僭试母亲的特权，也从不曾纵容她玩偶的习惯，她是阿妈，玛丽是囝囝，她不肯让步她做娘的身份，即使是偶尔的游戏。

# 六

玛丽已经十六岁了，但她却不曾有工作。她妈不愿意她的小女儿去尝试劳苦的工役——唯一的职业她能替她想法的，就是帮助她自己佣工的生活。她打算把玛丽送到一家店铺，一家衣服店或是相类的行业，但那个时候也还远着。“况且，”莫须有太太说，“要是我们再等上一年半载，也许有别的运气碰出来。你的舅舅，他到美国去了二十年了，也许会得回来，他要是回来，你就用不着去做事了，乖乖，我也用不着了。再不然过路的人也许看上了你来问你求婚，那都是说不定会来的。”她有无数的计划，她想象无数的偶然，都可以助成她女儿的安乐与光大她自己的尊荣。所以玛丽在她妈出去佣工的时候（她差不多除了星期是每天去的）总是闲着，随她自己爱怎么玩。有时她住在家里不出去。她在楼顶上后背的屋子里缝衣服或是结线，修补被单与毛毡上的破绽，或是念她从开博尔街的公共图书馆里借来的书。但是照例，她收拾了屋子以后，她愿意出门去在街上闲走着，爱上哪儿就哪儿，逛着不曾走过的街道，看着店铺与居民。

有许多人都是面熟的，差不多每天她总在这里或那里看见他们，她对于他们觉得有一种朋友的感情，她常常跟着他们走一小段路。整天的寂寞往往像一种重量似的压在她身上，所以虽然这些面熟陌生的脸子做她远远的伴儿，她也安慰了。她愿意在这人群里打听出几个是什么人。——其中有一个是有棕色长胡子的高个儿，他穿着笨重的大氅好像穿着一把铁铲似的；他戴着一副眼镜，他的眼睛是蓝色的，好像永远要发笑；他一路去也是看着店铺，他好像人人都认识。每走几步路便有人停步与他握手，但是这些人从来不开口的，因为这个棕色长胡子的高个儿一见他们便刺刺不休地来一大阵，使他们没有说话的份儿，要是身边没有人的时候他便自言自语地咕啰着。到了那种时候他眼睛里看不见一个人，人家都得让开道来让他摇头摆脑地，两眼注视远远的一个地方，迈着大步往前走。有一两次玛丽在他身边经过，听见他独自唱着世界上最悲痛的歌。还有一个人——一个瘦长黑脸的男子——他的样子很年轻，他常自在窃笑，他的两片嘴唇永远没有休息过一分钟，有几次他从玛丽身边走过，她听见他嗡嗡的像只大蜜蜂。他从没有停步同一个人握过手，虽然有许多人向他行礼他并不理会，自己却窃笑着，轻轻地哼着，放开脚步直往前走。还有第三个人她常常注意的：这人身上的衣服好像已经穿上了许久，一向没有脱下过似的。他有一张长长的苍白脸，一片漆黑的胡须悬挂在一张很美丽的嘴上。他的眼睛很大很无精神，并且不大像人的眼睛，它们会斜着瞟——一种最亲密的，有意的瞟。有的时候他除了走道什么也看不见，有时却什么都看见。有一次他看了看玛丽，把她吓了一跳，当时她脑中就发生一个奇怪的念头，仿佛这个人她在几百年前曾经认识过，而他也还记得她似的。她心里怕他，可是又喜欢他因为他的样子很文雅，很——他还有一种样子玛丽想不出一个字来可以形容的，但是这种样子仿佛在许多年以前她曾见过似的。此外还有一个矮小、清秀、苍白脸儿的男子，这人的模样好像他是世上最疲劳的人。他总像心里有心思似的，但是没有旁人那样的古怪。他又像永远在那里倒嚼他的记忆；他看看旁人，似乎都引起他回忆那些久已故去的人们，而对于这些故去的人他只有思念，并不悲悼。他虽在人群之中仍是一个孤独的人，他有一种冷峭的态度，就是他的笑也是冷峭的、孤高的。他在路上走过时玛丽看见许多人都拿肘子互相轻轻地一推转过脸来又看了看他，便咬着耳朵唧唧哝哝走去了。

这些人以及许多旁人她差不多每天看见，她常常带着一种朋友的感情去留心他们。别的时候她走到一排站在栗薇河边的码头上，望着基内斯的那些快船吹着气顺着河流而下，与几千白鸥在黑水面上忽起忽落地玩着。后来她又走到凤凰公园，那里有人比赛板球与足球，也有些年轻的男子与姑娘们抛球的，也有孩子们玩着放鹰捉兔的，也有追人的，也有在日光底下跳舞、叫嚷的。她的妈每逢没有工作的日子最欢喜带她去逛凤凰公园。离开了那条又大又白的马路，这条马路上有许多脚踏车，汽车接连不断的，射箭似的飞过，走不上几步便有几条清静的小路，路上阴森森地遮满了大树与荆树的丛林的影子。在这路上你走了半天可以遇不见一个人，你以随便躺在树荫下的草上或看着日光射在绿草地上与在树林里闪烁。这地方是非常的寂静，住在城内的人初见此地一定很感到惊奇、美丽，并且这也稀奇：在这白日之下举目看不见一人，除了那绿草的随风翻叠，树枝儿的轻轻摇动与蜜蜂、蝴蝶、小鸟的没有声息的飞翔之外没有一点别的动静。

这些东西玛丽看了都爱，但是她妈却爱看孩子们的跳舞，汽车的奔忙，那些身上穿着鲜艳的衣服、手里举着美丽的洋伞的来往的人们与休息日的各色各样的情景。

# 七

一天早晨玛丽跳下床来点着了火。她很惊奇这一次会这样容易点着：洋火刚凑近，火焰便直向黑烟囱里蹿上去，这件事使她觉得对于这世界是没有困难的。她妈还在床上偎着，比往日格外高兴地讲着话。这时将近六点，初夏的阳光照满了那扇积满尘垢的窗子。头天晚上的邮差送来一张邮片给莫须有太太，要她去见一位叫奥康诺太太的，这位太太的房子是在阿库耳街上。当然这是整天的工作了——又是一个新主人。

莫须有太太的雇主永远是新的。她在她的雇主家里看见她们自己有房子，又把她完全当作奴隶使，不上几天，她便怨了。有时她瞪眼看着她们的黑绸围裙，往往看得她们发气，等到她们设法要叫她躲开，叫她耽在她应该耽的地方，她便批评她们的相貌，她们的行为，批评得她们立刻要撵她出去，还要教唆她们的丈夫去难为她。

莫须有太太尽在那里猜想究竟是谁把她介绍给这位新主人，并且这样的介绍信用什么赞美词句写的。她又在盘算向例是一先令六便士一天，现在该不该要求一先令九便士。假使那一家是个大家庭这位新主人也许一星期不止找她一次咧。还有这一家里除了这位太太也许还有别人，说不定他们会找点小事给她做——针线活或是送信或是这类可以赚点小钱的事情，她自信凡是女子擅长的事情她都情愿并且能够担任，做得好好的。以先她做过一家，那家住着一位先生，有一次他叫她出去买两打啤酒，她把啤酒带回到家，这位先生谢了她以外，又赏给她一个先令。许多类此的事情使她对于人类的信仰常常保持新鲜。她做过的人家里一定还有许多手敞的先生，像这样的人奥康诺太太家里不一定还不止一个呢。老天知道，也有许多小气的人，这种人差人送了信，因为他让别人给他做了工，还希望他自己得赏赐的。莫须有太太对于这种吝啬鬼所用的各种样咒诅的字眼正抵得他们的逐一的过失，但是她并不理会这种人，在一个光明的世界里他们算不得重要的。一到晚上她又会相信他们的可怕的存在，但是在那时候之先，这个世上一定住满了许多善心的人。她举出许多她所认识的，这些人总是先付工钱，先给东西，不是一定希望，实在不希望，什么报酬的。

这时候那把茶壶很勉强地放平在床上，她的一条腿上放着两杯茶，另一条上一罐炼乳，还有一块四分之三大的面包，玛丽很小心地坐下去，吃这一顿早点的时候，她母亲从她自己的好记性里翻出一张做好事的目录，这些好事有的是她身受的，有的是她眼见的。玛丽听完了又把她自己经历的事情补足了她母亲的背诵。她常常看见街上一个男子给一位老太太一个便士。她也常见老太太们把东西舍给别的老太太们。她知道有许多人不要卖报的孩子找回那半个便士。莫须有太太称赞这种办法公道；她承认假使她自己在一个不必计较的地位，她也会这样做，但是一个人等到赚面包过日子成了她每天的问题，而且她不一定对付得了这问题的日常变样的情形，那她可就不能太随便了——“干，干，干，”莫须有太太说，“那是我的生命，假使我一天不干……”她将她的瘦薄的手一摆，摆到那恐怖的乌有乡去了。她的主张是有余的人应该把他的余剩送给不足的人。她一见那孤苦伶仃的人踯躅道中，隔着面包房与糖食店的玻璃窗子探头张望，与那些抱在没人周济的手里的孩子，她很难过，心里像针刺似的痛苦！想到这些事情，她说，不为她肚子饿，她吃的每口饭一定梗住了不能下咽。但是也许，她举目沉思向那扇金黄色的窗子一望，也许这些穷人内里没有像他们的外表那样穷苦：的确，他们总有方法养活的，这种方法旁人不知道罢了。不一定他们会从善心人的手里得到许多钱，行好事人家门口得到些食物，或是这里与那里得到几件布施下来的衣服，零碎东西，假使这种衣服、东西，他们不穿、不用，他们也知道怎样处置。这类人一定很知道许多极端的方法！没有一条阴沟因为太低而不去抓挠的，没有一个老鼠洞因为太低而不去搜括抓挠的，一扇大门代表一件可以爬过去的东西：一扇敞着的门意思就是欢迎，一扇紧闭的就是拒绝。他们躲在法律的篱笆下，越过道德的带刺的铁丝网，可以同样的不受伤害，并且这些受苦受到极端而不能再苦的人们对于无论多严酷的刑罚都不怕的。这种人失望得不知所措的样子，受打击而无告的情形与他们的憔悴的脸儿，蒙眬的眼睛可以认作他们的货物，一把动人心的，解人钱袋的，开人家门户的钥匙。那是一定的，因为这时熊熊的日光正照耀着，小鸟儿隔着草地不极远的正唱着歌，四面围墙的花园里一群孩子在果木林里，花丛里正乱叫乱跳着。她会相信这种道理，因为这是早晨，是人们应该相信的时候，但是到了晚上，她又会讪笑这样轻易的信念，她脱下了衣服，便会看出人类的瘦弱的肋骨。

# 八

她妈走后，玛丽便收拾屋子，做那些整理一间小屋必须做的各样事情。有几片裱糊的纸在墙上松松地飘着，这些须用邮票边黏上的。那只床得要铺好的，地板也得要擦的，还有许多杂碎的东西，该刷的刷，该拍的拍，都得整理。她那有数的几件衣服也得搬出来缝缝脱线的扣子，修补破绽是使她练习注意的一种职务。她的衣服向来是她妈给做的，她妈曾出过名，是一位做好活的老手，所以她穿的衣服比别的小姑娘的衣服格外有样。穿珠子、改珠子是她最常做的、最高兴的一件工作。她有四串不同的项链，代表从一便士公司（这个公司里的货物每件都卖一便士）里买来的四种不同的一便士一串的珠子。一串是绿的，一串是红的，一串是珍珠色的，还有一串是杂色杂样的。这些珠子好好地选择一下，只费上半点多钟的容易工作，便可以穿成一串很美丽的新项链。

这天因为有太阳，所以她取出一套白色的衣服，她在这上头很费点工夫。这件衣服曾缝着五个折裥，一个又一个的已经放开过四个。这是剩下的最末一个，现在也须放开的，这件衣服虽已这样的额外放长，但还是高高地吊在她脚踝上飘荡着。她妈以先允许过等她有了工夫要给她添上一条假边，今天玛丽决意一等她妈做完工回来，便要提醒她这个允许。她擦亮了她的皮鞋，穿上那套白的衣服，于是走到那面有裂缝的镜子面前梳起她的头发。向来她的头很简单。她先从上面一直梳下去，再从中间对劈开，卷成一个大球紧贴在她的后颈骨上。她几次想要烫头发，真的，她的头发一烫便曲的：但是这件事情她曾请问过她妈，她妈说，烫头发不是上等的，只有极小的小孩与女戏子好习这种小花巧，这正是显露她们心理的柔弱，至于有规矩人是很少烫的。况且烫起来也太费工夫。烫好了一遇见空中的湿气，立刻就会松下来，变成很丑的烂泥似的一摊，因此，除了去跳舞，去野游，烫发是用不着的。

玛丽梳完头，迟疑不决地拣选一会儿项链子。那串珍珠色的确是好看，但是人家一看就知道是假货。像这样大的珍珠价钱一定不轻。并且戴假珠子太有点孩子气，近来她不愿戴了。现在她已是成人了。放下那最末的折裥分明表示她又到一个时期，正如她梳起头发的时期一样的分明。她愿意她的衣服一直拖到脚后跟，这样她便有很正当的理由可以用手提着她的裙子。她妈老不给她装那条假边，她等得有点不耐烦了。假使她妈已经把它剪了出来，她自己也会缀上的，但是今天也只好这一件了。她希望有一串红珊瑚，不要珠子似的圆形的，是要有齿的十字形的——一串够绕脖子两圈还可以挂到胸前的。假使她有那么长的一串，她便把它剪下一段来做一只手镯。她爱看这样一只手镯斜挂在她的手腕上。

今天的天气好像戴红的最合适，她便从盒子里拿出那串红的戴上。鲜红的颜色映在白衣服上真美丽，但是——她还不十分满意：嫌它太硬。她又重复把它收在盒子里，另外取出一根乌绒带子挂在脖子上，她觉得这一根好些。她戴上帽子，这是一顶草帽，已经洗过许多次了，帽子沿着一条阔的乌绒带。她最希望有一条三寸阔乌绒腰带围在她的腰上，她妈礼拜日穿的裙子就有这么一条，但是，这当然是不能碰的，假使她问她妈要，说不定她会给她。其实那条裙子没有她也不难看，要是她妈知道这条带子配在她腰上怎样好看，她一定会给她。

她对镜子最后照了一照，便出门转向码头那边，往凤凰公园走去。这时强烈的日光照得满街格外的分明。压在重大的草堆底下的马一点不觉重量似的拉着它们的货物。那些身材高大，脸儿赤紫的赶马夫很自在地向后倚着，他们的硬顶帽子高高地掀在额角上，他们的眼睛对着日光眯着细缝。市街的电车亮得像大宝石似的不绝地飞过，一辆辆游客的汽车也急急地在大街上奔驰，那些脸上笑嘻嘻的，坐在车前的马夫一颠一颠地过去的时候，都向玛丽挤眉弄眼睛。这些人在街上来来往往好像都很满足，都很高兴似的。这时正是一点钟，从各种公事房里、店铺子里出来的许多年少的男男女女都急急忙忙地走去吃中饭，但是没有一个少年走得很急的，在他们低头钻进一爿价钱便宜的饭馆或一个更便宜的酒店去吃饭之先，总是很景仰地望玛丽几眼。河内的白鸥缓缓地迂远地在空中盘旋，忽而下降，轻的在水面掠过，旋又用它们轻巧、倾斜的翅膀翻向上来。每隔几分钟必有一艘满载大木桶的货船吹着气像箭一般地向桥下射过。所有这些货船都有很雅致的名字。船上的人优游自在地坐在那些大木桶上，一面吸着烟，一面你一句我一句地缓缓地谈着天。头顶上蔚蓝的奇丽的天空无限的遥远，水平线内充满了光明与温暖。玛丽缓缓地走近公园。她很觉高兴。有时一点黑影在她脑中一闪，但这黑影并不蒙蔽她心中的光明，反将它烘托得额外的清晰。她愿意她的裙子很长，可以轻轻地提起，如同在她前面走的那个女子：一手提着裙子，手腕上一只金链的软镯低垂在那戴着洁白手套的手上，链子的每个衔接的地方都嵌着一块蓝色宝石，日光在这宝石上闪烁地跳跃。玛丽希望有一只细长的红珊瑚的手镯，也要一直挂到她的手掌，也要在日光里看了很可爱的，她想这一定比那个女子戴的手镯更好看。

# 九

她在公园里走了一回。穿过路旁的栏杆可以看见许多花坛。这些花坛做成各种式样——星形的，方形的，十字形的，圆形的，各色样的花卉铺陈出无数精巧的花样。一个极大的星形，靠下两个角尖里两堆嫣红灿烂的鲜花，中心嵌着一堆很稠密，很触目的黄花。还有那些圆形的花坛，内部一圈套一圈的，每圈一个颜色。又有一种三圈一个颜色的相间着——三圈白的，三圈紫的，三圈橙黄的，一圈往里小一圈直到最小的一点。玛丽很想知道所有这些花名，但是她一见便知道的只有天竺葵和几种玫瑰花，紫罗兰，莫忘草，如意花。许多新奇的，她都不认识，而她对于它们的感情与普通习见的种类程度不同。

她离开了那条大路，踱到草地上去徘徊。一霎之间那条大路便隐灭了，电车、汽车、自行车也不见了，好像这世界里没有这种东西似的。一大群孩子一队一队界线分得很清楚地玩着;每队都有一个,有时两个大人,姑娘或妇人,陪伴着。这些姑娘或妇人们有的展开四肢朝天卧在温暖的草地上,有的背倚着树干读小说,她们的周围一群孩子在那里绕着弯儿,嚷着,笑着。这是一个充满飘荡的遮胸袋,与裹着黑袜筒的小腿与清脆悦耳的声音的世界。在这大空间这些小孩的声音仿佛是非常的辽远;这种可爱的,尖锐的声音与在街上的,屋内的不同。屋内与街上的声音震荡了空气,散撞在墙上、房上,或街道上击成回声。但是在这外边,这些娇滴滴的声音向那高深、稀薄的空气中欢呼,一直冲向高处,远处,渐渐地消散在树顶上,云端里,直到寥廓风高的地方。这些小孩也受了这种缩小的影响,在这广大的绿森森的草坡上他们的身材看去比他们原来的更觉渺小,那些树尖在他们头顶上晃动得很大,那些青草在他们脚底下飘摇得很阔,那个天空从远远的天边将他们包围了。他们的形骸不能妨害那自然的大体,他们的嬉笑不是对于寂静的一种细语,一点不能扰乱那广大的恬静,正如同一只蚊子的翅膀轻轻地在峭壁上飞扑。

玛丽向前走去，几头母牛很庄重地抬起它们的好奇的脸面，待她走过后，它们在她身后晃动它们重大的脑袋。有一两次五六只野鹿突从树林后飞奔出来，一见玛丽惊得忽然站住了——注视了一会儿，又像疾风似的，很高兴，很自由的，一纵一跳地向前奔去了。这时一只蝴蝶一左一右绕着圈儿地飞来——翅膀靠左扑十下，靠右扑二十下，于是又转向左边，有时它忽然绕了一圈，重新又折回到原路上，漫不经心地在日光里疾飞。远远的一群小鸟不偏不倚地在天空里驶过——它们知道它们的目的地，这时忽有一只小鸟脱离了群众，一阵高兴独自绕了一个大弯，重又加入它的伙伴队里，于是它们一同前进，前进，一直向那天边前进——你们这些敏捷的东西！喔，自由呀，快乐呀！从天上飞来的音乐！从浓厚的日光里传来的欢歌！幸福的遨游者！你们飞得多么快，多么勇敢——上前，上前，直到那地面渐渐地消失不见，而那无边无际的穹苍，日光里的深沉的幽静与那天空的缄默接待了你们！

玛丽走到一棵树旁，沿着树的周围有一圈木制的座位。她便在这里坐下，望望宽旷的草场。远远地向前望去那土地渐渐向下倾斜成了许多土坳，又渐渐向上高起成了一个个土山。那些土坳里的树林只露着碧绿的树顶，而那远的土山上的树林看去是渺小的，极清楚的片面的黑影，有的是大片的，全体的树林。近处的是些独干的树木，每棵有它孤立的树影，树枝之间涌出一缕缕的太阳光线，遍处都是青草绿叶，成千累万的金黄色的小花，与无数的白雏菊。

她坐了一回，一个黑影从她身后一步一步地移向前来。她注视这影的长度与那种古怪的一摇一摆的移动。这影延到最长的时候便止住不动。她才知道有人站住了。看这影子的形象她知道是一个男子，但是这人紧挨着她，她又不愿意抬头。这时发出一个说话的声音。这声音的洪大有如海水的汹涌。

“啥,”这个声音说,“大姑儿,这多半天你在这里做什么哪？”

玛丽的心里忽然突突的一阵狂跳。她的胸膛有些容不了这膨胀的心的情形。她举目一看，一个伟大的男子站在她的身旁：一手举着，捻弄他的胡须，一手很随便地耍着一根长手杖。他穿着便服，但是玛丽立刻觉出这就是站在葛莱夫登十字路口指挥来往的车辆的那位高大的巡警。

# 十

那位巡警讲了许多奇怪的事情给她听。他告诉她凤凰公园所以称为凤凰公园的缘故。动物园里虽然有世上各种各样的飞鸟，但是他不信那里会找出一只凤凰来。现在他才想起，以先他从没有想过要专程调查这一类鸟，但是下次他再到动物园去倒要留心考察考察。说不定有那么一天好日子，譬如说就是明天吧……这位姑儿会允许他（这是一种最可宝贵的特权）陪她到动物园去。他似乎很相信如今凤凰已经绝种了——绝种言其是死尽，并且他一想到据一般人所说的这类鸟的性质很怪僻，便以为这鸟向来没有真的存在，不过是一种神秘的生灵——神秘的生灵言其是一种莫须有的鸟，是一种神话。

他又告诉玛丽这个公园是世上最大之中第三个，可是最美丽的。他这句话不但有本地新闻做证，本地新闻的意见也许因为爱国而有什么偏见——偏见就是背乎实在的真理的意见——还有著名的英国报纸上许多可靠的证据，如同在答问报、珍报、披尔逊周刊上他找着一个有力的使人满足的同样的实证——同样的实证言其他们的意见都是一致的。他又细说那些使玛丽听了怀疑的话，他用多少里，多少码，多少亩来说明这个公园的正确的大小，还有这里面可以容纳多少头牛羊，假使这个公园作为牧场——作为牧场言其把它变作草地；或者把它变作庄稼，可以有多少经济租田的主人——“经济租田”这个名词是一个深邃的——是一个奥妙的，困难的科学与社会学的名词。

玛丽差不多不敢举目看他。这时一种不能自主的羞赧占领了她。她的两眼不是竭力支撑，断乎抬举不起：它们白在那里向上翻腾，还不等举到多高，便向旁边闪缩，重又转到下边，落在她的膝上。她竟会坐在一个男子身旁的那种惊讶的思想温热了，惊动了她全体的血液，一霎时便热烘烘像火烧似的都涌上她的双颊，旋又冷飕飕的一阵，寒战着退了下去。她的垂下的双目差不多被那靠近她身旁的，仿佛两根石柱子似的，穿着土维特绒布裤的双膝给催眠着了。这一对膝盖比她的一对高出许多，比她的谦让不敢出头的膝盖长出有尺半多。她坐在那里，两膝向下倾斜，他的却一直凸出在前，好似她在博物馆里见过的神像的那双坚硬不动的膝盖一样。他的一个巨大的膝上搁着一只同样大的大手。同时她的一手自然而然地也安放在她的膝上，她心里抖抖索索地要想比较这两手的不同。她自己的手很瘦小，皮色白得像雪，分量似乎很轻，一阵微风可以把它吹起。她的手腕又纤小又柔弱，从这腕上的乳白色的表皮里隐隐露着一根根淡蓝色的回血管。她正在注意她的手腕，心里起了一个忽然的，感情的欲望。她希望有一只红珊瑚的手镯在这腕上，或者一根打成扁圆片的白银链子，或者就是一只小绿珠子的两绞丝镯也可以。放在隔壁膝上的那只大手比她自己的大三倍，这手的皮色被日光晒成了老花梨木的颜色。天气的炎热使那些粗大紫色的回血管根根暴起成了一个个小疙瘩，一条条脊梁，横过手背，蜿蜒下至手腕。这手的特别重量看去十分可怕，她可以想象它一把拉下了一只公牛的坚强的脖子。他一边对她说话，这手尽在那里摆动，这手握紧了由花梨色变成惨白色，重新张开了又成了顽木不灵，盾牌似的一块。

她心里害羞因为她找不出一句话来谈。她的字眼不幸忽然减少成了“是”与“不”两个字，至多也不过变成一句胆小不敢出口的“真的”与“那个我不知道”的话。她想不出一句可以辩驳他那种滔滔不绝的大话，在平常她的舌头又流利又婉转像风吹鹅毛那样的轻便易举。然而他并不理会这种不作声。他以为这样是很对的，这是一个小女孩子对一个巡警的一种当然的敬礼。他喜欢这种敬礼因为这是帮助他觉得他的样子有多大。他相信他有一种能力，无论在什么时候，对哪一位女子，永远可以有一段很文雅的，津津有味的谈话。

过了一忽玛丽站起来，畏缩地想要对他说声再见。她希望走开，走到她自己的那间小屋，在那里她可以看着自己，盘问自己。她要在忆想中体会那坐在一棵树下，一个男子身旁的她。她知道她能够很精细地重新建造一个他，但是恐怕不能重新建造她自己。那时她站了起来，他也跟着站起，并且紧靠她的身旁，很自然的，步伐很整齐，因为那时已经无法可想，只好向前走去。他依旧滔滔不绝的，兴致勃勃的，很博学似的担负谈话的责任。他高谈政治，社会的重要事情，多多地解释他满肚子里的奇异，高深的字眼。不久他们走到公园的最热闹的一处。小孩子们都停止了他们的嬉戏，睁圆眼睛看着那个小姑娘同那个大汉，他们的仆妇都瞪眼瞧着，嘻嘻地笑着，又满心地羡慕。在这些视线之下玛丽的步履颇受偏向旁去的为难，这种偏向使她左避右闪的常常猛不防闯在她的同伴身上。这时她很气她自己，心里又是害羞。她咬紧牙装作很自然地一直向前走，但不是他的肘子轻轻地碰了她的肩，便是他的手的摆动常常触了她的上衣，真使她狼狈得不敢前进，她只得敛步在后，离他总有一臂之遥。如此触碰了五六次，她恨不得一蹲身倒在草地上尽量地大哭一场。到了公园门口她忽然站住，鼓着沮丧中的勇气对他说了再见。而他却很殷勤地恳求还要送她一程，她并没有允许他，他便向她举一举帽。（她虽然在苦痛中，但是恍惚间依然能注意这是从来第一次一个男子暴露在她面前。）她一路向前走去，觉得他的两眼还不住地跟随她，因此她的仓皇的步履急得差不多飞跑了。她痴心地希望她的衣服比现在的长些——那条假边！假使她手里能抓着一条裙子，只要抓着一点东西，便能使她镇定。她唯恐他在那里批评她的裙子的短小与没规矩的踝骨。

他略略站一会儿，他的大脸上带着笑容望着她的后影。她知道他在那里看她，他一边站着，一边从他衣袋内拉出他的手来摸摸、理理他的胡须。他有一嘴红色胡须，很稠密，但是剪得短短的，方方的，一根根坚硬得好像铁丝似的挺立在他的嘴唇上。人都以为一碰它便要折的，可是它从没有折过。

# 十一

那天晚上莫须有太太回家来身子似乎很疲倦，她抱怨她在奥康诺太太家的工作比她以先做过的几家都辛苦。她历举那家的许多房间：那些铺着地毯的屋子里四边露着的地板都得上蜂蜡，其余的，只有一部分铺着小块的毛毡的，满得要上蜡。楼上的几间都没有铺地毯，也没有铺毡子，因此得用水刷洗。地窨子里一共有两间铺红砖的厨房，一间碗盏的贮藏室都得打扫。那位女主人特别注意扫除板壁和门窗。楼梯的上半截是光着的，得要从上擦下来，底下的半截通那条夹道，铺着一条窄长的地毯，两旁都用铜条按着，两边露着的地板也得上蜡，铜条又得用油擦。还有这里、那里，满屋子里尽是些用不着的，讨厌的铜器。这一家内除了奥康诺太太和她两个姊妹以外还有四个孩子，所以洗濯的东西简直接连不断的，多得可怕。

在吃茶的工夫莫须有太太又记起那家客厅里的壁炉架上与钢琴顶上的各种摆设。炉架的一端立着一个瓷制的牧羊女，手里挽着一篮花，那一端上也有与它同样的，丝毫不差的一个。架的中间是一只有斑点的大理石的人自鸣钟，钟顶上驾着一所穹顶的小屋，面前有两根歌林多式的石柱子，屋顶上又立着一位弓箭手，一手挽着一张弓——弓箭手的上面便没有别的东西，因为那里没有余地了。这些东西的每个空当里立着一个个小的镶着镜框的奥康诺太太的家属的相片。所有这些东西的背后有一面玻璃镜，镜的两旁是斜坡的，左右都有许多层木架。每层上都摆着一只茶杯或一只碟子或一只瓷碗。壁炉的左首挂着一张金属制成的画片，画片上是一个少女，穿一件天蓝色的长衣，跨着很清楚的一级级的石阶，渡过一条窄小的但是急流的小河，画片之中央饰着一头牛，地平线上是两只白羊，一只棕色狗，一个喷水泉和一个日晷。壁炉的右首是一个少年，穿一件紫红外套和一条黄色、齐膝的半截短裤，臂下夹着一顶三角帽，他也在渡一条小河，形同对面的是一模一样的，并且他的配景也是同样的紊乱。每堵墙上有三张画片——

屋内共有九张，三张画的是羊，三张是战争，两张是神画，是两个形容憔悴的人各自坐在一个特别令人绝望的荒野上（每块荒野上有一棵仙人掌同一只骆驼）。这两人中的一个很注意地凝视着一个骷髅，那一个却在竭力回避一个不大标致的妇人，妇人身上穿着一件太露肉的白色长衣：长衣上部隐约露出一截胸膛——大概这就是那人竭力回避的缘故。最末一张画片是一个小女孩子坐在一把太师椅内，好像很有学问似的在那里读一部本子厚大的圣经：她戴着她祖母的帽子，还戴着一副眼镜，样子很可爱却很庄重。她的一旁坐着一个挺胸凸肚的洋娃娃，地板上一只小猫专心一志地在追逐一个绒线球。

以上这些东西都是莫须有太太讲给她女儿听的，她又讲到那地毯也许是在土耳其或旁处织的，那碗柜大约不是花梨木，那些椅子脚与有的桌子腿因为受过震动都得了软脚病，那些淡黄色的窗帘，内加一层毛织厚窗帘，外加一层百叶窗。还有一个鹿头立在门的木架上，这个大约是他们家里的人在梦中射得的，还有几只银杯子放在这猎得品的侧面，大概是锡制的。

莫须有太太又用一种刻薄的口气，她虽然刻薄但还不敢十分放肆，批评那家主人的模样、品性。她有一个毛发茸茸的下巴，莫须有太太说，她有一嘴露牙与一种笨笑，往往人都早已知道他们的事情应该怎样做，她还要刺刺不休地叮嘱他们怎么做。除了这种絮烦她什么也不说。——这位太太让她给洗五间房间，一长条楼梯，所给的胰子没有普通人家给得多，但是，也许，有人和她熟悉了，可以知道她并不是恶意。

玛丽突如其来的，问她妈有没有女子嫁给巡警的，并且当巡警的是不是好人？

她妈回答说大家所以都要找巡警做丈夫却有许多层理由——第一层，他们是体格魁伟的男子，体格魁伟模样总是好看的；第二层，他们在社会上的地位很高，他们的尊严当然是无可疑的；第三层，当巡警的薪水可以满足无论哪一个家庭，只要这家没有不需要的、过分的浪费，并且他的薪水之外常有各种补助的方法，这种方法人们在谈话里隐约提起的；第四层，一个巡警受了许多年的训练或者可以成一个很好很顺从的丈夫。在莫须有太太个人的意见并不羡慕巡警——他们太自私，他们不断地捉拿罪犯，不断地与罪犯接近，他们自己的道德未免也会堕落，并且，因为某种女子十分钦佩他们，他们的道德不断地常受妨害，给这样人当妻子须要竭力从那些狡猾的、纠缠不休的女性队里保全她的丈夫，真要把人累成影子了。

玛丽说她想假使有别的女子爱一个人的丈夫也是佳事，但是她妈却不赞成这句话，她说这种女子一点不是真情，她们无非是要满足一种愚笨，过甚的傲慢与要加苦痛给那些正经的、已婚的妇人罢了。总之，一个巡警并不是结婚的理想人物。他回家总没有准时候的，不免时时要提心吊胆，这种情形对于治理家务不甚相宜，况且，假使一个人在家里老是心神不定，一切规则与一切真正的家庭生活全都废了。唯一件事不能不说他们是好的——他们都爱小孩子。但是，从全体看来做书记的比较算是一位好丈夫：他的时间是准的，可以知道什么时候他在什么地方，这样也就使人安心了。

玛丽急于要将白天的冒险告诉给人听，但是她对于她妈虽然向来没有秘密，这件事情她可不能告诉她。有些原因——也许因为年龄的不同，还有一种害羞——使她不便开口。她希望她能认识一个与她同岁的，和善的姑娘，或者还比她年轻些，她便可以对着她的乐听的耳朵诉说她的故事。一面背诵，一面可以互相紧紧地拥抱，她又可以过甚其词地形容那胡须、头发、眼睛等无数的琐碎东西，对于这种东西的趣味老年人心里是不稀罕的。

她妈说她身上觉得不很舒服。她并不知道什么缘故，不过好像比她可以记忆的许久以前累的更厉害。满身筋骨酸痛，四肢发冷，她头发朝后梳时，头皮都有点隐痛，所以她今天上床比往常格外早。至于玛丽，往常睡觉的时间早已过了，她还蹲在地板上，在几块未冷的煤块之前。她瞅着那红光，细嚼快乐的幻象与不能实现的奇怪东西，这些幻象却温热了她的血，举起了她的心，将她放在一双轻飘、颤抖的翅膀上，她耳内听见一种歌声，这种歌声是她永远听不厌的。

# 十二

莫须有太太多睡一觉之后，第二天早晨觉得舒服得多。不过用梳子梳头发的时候头皮里隐约还觉微痛，她精神有点疲乏，虽然，这不至于像生病那样厉害。她女儿在那里预备早餐，她在床中坐了起来，又像往常那样开了话匣子。她说她有一种感觉，觉得她的兄弟伯德哥总有一天会从美洲跑回来，并且知道他一回到本国，立刻便会来找他的亲戚，还要将他在那富有的国家所积蓄的钱财分给她们。她记得他从前的大量，虽然他那时候还是一个小孩子，假使碟子里只剩半块山芋或盘子里只剩一片面包，他总说“不要了”。她爱讲他的相貌好，精神活泼与他所讲、所做的奇事。当然的，伯德哥时时有机会可以结婚，可以在美洲组织家庭，果真如此，那就是他好久没有来信的缘故了。做妻子的常常是一个男子与他朋友中间的一层障碍，这个女子可以用种种方法禁止伯德哥将好东西分给他的亲姊姊同她的孩子。这种人就在爱尔兰也是有的，一个人越是多听美洲的情形，越不知道那地方的奇怪的人会做出什么事情来。她常常有这个念头，她自己愿意到那边去，真的，假使她有一点钱，她便不管三七廿一，打起铺盖，明天马上动身到美国。那边可以有很好的生活，需要女子的地方很多，做女仆的，做妻子的。并且，这是人所共知的，美国人都爱爱尔兰人，所以刚去时候要找点事情做一点不难的。她心里越想到奥康诺太太，她要搬到外国去的心思越厉害。现在她虽然还没有说奥康诺太太的坏话，但是这是事实，她颊上长的一个瘤，又是露着一嘴牙。这两种坏处假使只有一种也还说得过去，如今两种都有，她想这确是表示一种恶性。但是也许这个妇人应该受人怜悯的。也许在她自己是一个好人。可是又有胰子的问题，并且她最喜欢发种种不必要的命令。无论如何，好在日久见人心，况且，主顾又是这样少，一个人总不该同自己的饭碗为难的。

开门声与楼梯上迟重的脚步声便把莫须有太太从床上

轰了下来，她急急地穿上衣服。五分钟之内她把衣服完全穿好，她吻了她女儿三吻，便逃下楼来，出门做工去了。

玛丽得了她妈的允许，她可以随意处置她妈在礼拜天穿的那条裙上的黑绒边，所以她费一点工夫把它拆下来，又把它刷净了。可惜已经是没有像她希望的那样新，有几处已经擦伤了，磨光了，绒头差不多没有了，但是别的部分依然是好好的，她剪去了损坏的部分，把好的部分细细地用针连起来，结果她制成一条很适用的腰带。做完腰带她便穿上试试怎样，看了很得意。但是立刻又嫌着她头发的古板，她用手轻轻地把她卷起，卷成两个鬈曲的小圈，一边一个紧贴在两耳上，还有两三个极小的小圈在她前额飘着。她戴上帽子，偷偷地出去，放轻脚步，唯恐她出去时，屋内有人在门缝里窥探。她竭力地放轻脚步，但是那些光着的，坚硬的楼梯上走一步，响一声，所以她到末了只得飞跑出去。不敢回头，唯恐有人在看着她。她一路走心里总是怀着鬼胎，她设法安慰自己，很确实地对自己说她并没有做错什么事。她又很诚实地对自己说她要到圣士蒂芬公园去看看那些鸭子、花坛与鳗鱼，但是她走近码头，她脸上一阵绯红，身子便向右转，急急地望着凤凰公园走去。她心里原说她不进去，只在河边走走，走过岛桥，回到栗薇河的对岸，上圣士蒂芬公园的。但是她一见大门里那条照满阳光，闪闪作亮的大路，又想不妨进去一点看看栏杆后的花朵。她跨进门槛，大门外的售报室后走出一个高大个儿跟着她走。她走近花坛止步看花时，那个高大个儿也站住了不走，她看完花又向前走，他也紧追着前走。玛丽走过了司大石像，又转向那草地与树林里走去，到了这里那个高大个儿便放大了脚步。在草地的中间一个大的黑影一摇一摆地越出她的肩膀前面，她一路走着逼着气，一心注意那黑影变成奇怪的一耸一耸，急急地移向前来。不一会儿，草地上迟重的脚步声驱逐了所有关于黑影的念头，于是一个喜悦的声音射进了她的耳内，那个高大的巡警已经站在她的身旁。他们两人站立了几分钟，行礼，道歉及解释，于是他们缓缓地在日光里并着走起来。无论哪里只要有一棵树，上面总有花朵。每棵树上都有一群小鸟拥挤着，用一种突然的尖脆声，很响亮、很可爱地齐声唱着清脆、同样的调子，但是空地上的那种寂静更可惊奇。那里没有鸟声夹杂在玛丽与那个深沉的声音之间，没有树影吞他俩的黑影；这时阳光非常的和暖，空气非常的清新，山上吹来轻轻一阵微风，是一种温暖柔和的风。

# 十三

自从那天之后玛丽不断地遇见她那位新朋友。不知怎的，无论她到哪里，他总是离她不远的。他好像是从空中掉下来似的——有时她独自看着来往的人们，驰驱的车马与拥挤的人群，辉煌灿烂的商店的窗子，就有隆隆的大声从上落下来罩住她，与一个庞大的形体徐徐地在她身旁走着。他两次带她上饭馆去吃饭。以前她从没有上过饭馆，她疑心这许是仙界了。饭厅上用许多小电灯照得模糊半明的，那些美丽、洁净的饭桌，新奇的食物与打扮得齐整的侍女们，一个个举动很敏捷、很伶俐，脸上很庄重但是又殷勤——这种种都使她十分惊奇。她看见饭馆里的姑娘们虽然装着庄重、殷勤的样子，却十分注意她和那个高大的男子，她觉得她们都在羡慕她有这样一个威风的朋友侍候她。她在街上也觉出有许多人都注意他们两人，但是，因为留心听他滔滔不绝的话，便没有心去注意这些人，虽然是应该的。

他们两人不到公园去的时候，便去找最僻静的街道，或到城外去沿着多德河向上走去。多德河沿岸有几处风景极好的地方：那些害羞似的小水湾与池潭时时有一个小瀑布与一片宽阔平静的水面，日光在这水面上照得如同白银一般。沿岸的绿草长得非常茂盛，当这时令，岸上为日光所熏，这确是一块闲坐的好地方。她想她坐在那里看着明亮的河水，听着坐在她身旁的洪大的声音，可以永久不厌。

他告诉她关于他自身的与他同伴——那些与他同样大的男子——的事情。她可以瞧见他们缓缓地，很有勇气地在他们营场上走，排队出去运动或体操或上课。她奇怪他们不知学习些什么，谁那样无礼敢教这样大的大人，他们要是忘了他们的功课，不知道要不要挨打？他告诉她每天他的职务，哪时上班，哪时下班，早晨哪时起床，晚上哪时上床。

他告诉她晚上的职务，描写那些阒无人影的街道，听得她毛骨悚然的……十分深沉的黑暗里，万籁无声，只有那比白天千百倍响的脚步声，一声声踏在凄凉寂静的街路上，渐远渐小以至于极微极尖脆的清晰。她又瞧见那些包围在黑暗里的小巷，窄路。一两个行人毫无目的地在那些冷静的街上疾走，他们竭力设法走得舒泰些，因为怕他们雷响似的脚步声，他们屈身在这广大的城市里，紧缩的战栗的都在那些瘦小的屋子旁。成千累万的黑屋子，每间都像死一般的沉寂，每间好像都在等着，听着清早的来临，每间都充满着男和女，他们一个个都睡得很安稳，因为有他在外面来往的巡查。他打起灯笼照照店铺的窗子，摸摸各家的门户，恐怕它们没有关上。

从极远的地方时时传来一种哒哒哒的脚步声，一种遥远、微细的声音，有时渐渐消灭反应到旁的街上，有时铿铿铿地走向他站的地方来，这声音便渐高渐清楚渐响亮，响了又响地变成两三个回声；那时候他深深地退到一家门洞里，仔细瞧瞧这深更半夜还有谁出来——那人便带着非常的使命走去了，他的脚步向着极远的地方走下去，直到他走的最后的回声与最后的微细的震动旋转到了寂静。时时有一只猫很小心地躲在铁栏杆上，或一只迷路的狗惊慌地偷着在路上走，无论灯光底下，黑暗地里，到处都拿鼻子嗅嗅，只不作声，又饿又着急。他告诉她许多故事，那种令人惊骇的故事，讲到打仗与诡计，一生专弄诡计的男女，除了偷盗和强横不知别的事情的人们，天生会偷盗的人们，专靠诡计和偷摸吃喝的人们，用骗术结婚的，由古怪、低陋的路径走到死境的人们。他又告诉她许多故事：两个饥饿的男子，被盗的水手与一段有趣的笑话，讲一个剃发匠有两个母亲。他又告诉她八个机器匠，半夜里偷鱼的老太太与他释放的男子的故事。他又告诉她一段可怕的故事，他在一间小屋内同五个男子决斗，他又指给她看压在帽子底下的大黑疤与他脖子上的几条伤痕，这些都是被瓶块扎破的，还有他的手腕上是被一个意大利的疯子用尖刀戳伤的。

虽然他永远说着话，并非永远说他自己。从他的谈话里引出一大串问话来——琐碎微细的问题从他的故事里滚出来钻入她的生命里。很巧妙的、自然的、自动的问题只有女孩子可以领会那发生这些问题的用意。他问她的姓名，她的地址，她母亲的名字，她父亲的名字，她有没有别的亲戚，她已经做事了没有，她奉什么宗教，她离开学校很久了吗，她母亲的职业是什么，所有这些问话玛丽都很高兴地、诚实地答复了。她知道每个问题的来临并且预料问题背后的个人的好奇，她对于这些都很高兴。她也爱问他的个人的、切己的问题，关于他的父母，他的弟兄，他的姊妹，他祈祷的时候说什么话，他有没有同旁的女子走过，如果有的，他曾对她们说些什么，还有，实在，究竟他以为她怎么样？她关于这种种的好奇心是很多，很热烈，但是她连提都没有胆量提。

有一个问题他屡次问到她，而她屡次闪开的——她躲避它好像这是一个恐惧似的——这个问题就是“她母亲的职业是什么？”她实在不好说她母亲是一个做散工的女仆。这样说总有点不妥当。她忽然对于这种职业懊恼起来，羞耻起来。这是一种最下贱的职业。这似乎是一种最卑鄙的职业，人人都可以做的。直到这个问题用各种方法提出之后，她不能再不答复了，但是她隐藏了事实——玛丽对他说了一句谎话。她说她的母亲是一个裁缝。

## 十四

一天晚上莫须有太太回家来精神很不好。她又懊恼起来为什么她这样头痛，这样疲倦。她说要她提水这件事情最麻烦不过。并不是她提不了，实在她按不下心去做这件事。支配她意志的机关仿佛暂时不在她脑里。用两手使劲按在一个拖布上，把它绞成螺旋形，绞得它干干的，这件事情假使她愿意干，她觉得她能干的，可是她心里真不愿意做。这些事情虽然在她手里正做着，觉得很奇怪，离她很远似的。那个水桶，虽然她的手不久还在那里面浸着的，不知怎么，好像离得老远的。要拿起那块放在水桶旁的胰子来，得用一条比一臂还要长的胳膊才能够得到。洗完了，磨完了一方地板再要去够那没有洗过的地方怎么样身子可以不移动真是一个重大的问题。这样疲乏使她吃一惊。她的头痛，虽然不轻，倒不在乎。人人都有头痛腰酸挫筋等小毛病，但是这种莫名其妙的疲倦与稍微使点劲都不情愿的情形很使她吃惊。

玛丽哄她出去看看那些到丽华戏院去的人，她说今天有一个名角在那里演戏。所有都柏林的女子，甚至于从老远的地方都来看他，现在立刻就去也许可以赶上看见他坐在汽车内停到戏院的后门，那时她们可以仔细留心他从车里出来走进戏院去。莫须有太太听了这些消息便从她那种异乎寻常的冷淡之中一时高兴起来。自从吃茶以来她便坐在那里（不像平常那样笔直，那样指手画脚的，但是腰驼背屈地瘫着）两眼注视炼乳罐外的一滴牛乳。她说了她想要出去看看那位大名鼎鼎的戏子，虽然她不知道为什么所有的女子都像发疯似的要去看他，但是不一会儿工夫她又回复她那种腰驼背屈的样子，又收回她的视线到那个炼乳罐上。玛丽有点费事地将她放倒在床上，她们两人互相搂抱了一会儿，她便很快地睡着了。

玛丽为她母亲的病痛心里不免有点烦闷，但是向来在一个病人没有死相之前旁人总是不容易相信他病势的厉害，所以这件事情不久也就在她脑中消灭了。况且她脑中又装满了对话的许多杂碎的影像，这事更容易消灭得影迹无踪了。

玛丽见她妈睡得很平安，便戴上帽子出去。在她当时的心境里她愿意找个冷落的地方走，这种冷落只于在人群里找得出来，她还愿意找点可以分心的事情。她近来所过的日子充满了冒险，连那楼顶上的小屋不但使她厌恶，并且要使她发疯，她妈的急促、困难的呼吸扰乱她的心思。屋子里的破乱家具她眼里觉得丑极了，那块不铺地毯的楼板与那没有遮蔽的玷污了的灰墙使她满心的不高兴。

她走出门去，不多一会儿便做了人群里的一分子，这些人每夜都是来来往往的，从罗登达到撒克维尔街的宽阔的路上，走过夏康内尔桥，到威斯莫兰街，经过三一学院，又穿过灯火辉煌的葛莱夫登大街到圣士蒂芬公园门口的浮云里石门。从晚上七点半起都柏林的少年一个个兴高采烈地在这里过来过去。有时成群结队的少女们蹦蹦跳跳地跳过，每个都是嬉笑的化身。离她们不远一群少年偷偷藏藏地品头论足地跟在后面。不等到走到桥边他们彼此便已熟识，有几个侥幸地配上对了。但是通常都是成对儿走的。

在头天晚上订的约，每条街上都充满了快活的无心无事的少年与少女——他们并非真是要求配偶，不过是享受些交新朋友的趣味，在这里将老话装进新瓶子里，旧笑话变成新笑话，人人都是活泼的，除了他的同伴对谁也不讲礼貌，他们对面遇见的或交身过的，或赶上他们而在他们面前经过的都是他们戏弄、嘲笑的目的物，同时反过身来，他们自己也是供给后来的每对的暂时取乐和谈话的资料。时时有在半途停步的，经过一番很有礼貌的绍介之后，结果又重新配搭成了几对新配偶。他们分手的时候掉过头来笑着说“明天晚上”或“星期四”或“星期五”这一类话，表示对于那个旧的伴侣并没有完全抛弃，于是他们各自前进。

在这些人群里玛丽急急地走过了。她知道假使她走得慢些，便有那只于修饰一部分的男子会突然问她自从上星期四以来她做过些什么事情？会把她算为嘉德爱伦介绍给与他模样相同的六个少年，这六个少年便很温和地笑着，站着成一个六尺长的半圆形。这种情形她以先曾经逢着过一次，她逃走的时候那六个少年便在她背后“汪，汪，汪”地学狗叫，同时那第七少年很起劲地高声地“喵，喵，喵”

学猫叫。

她站了一会儿看看人们纷纷地拥挤到丽华戏院里去。有的坐汽车来的，有的坐马车。许多像出殡用的轿车将那些沉重的庄严的人们寄存到那个玻璃顶的门洞里去。那些驰骋的汽车在橡皮轮子上呜呜地叫着，车内载着穿夜礼服的先生们与肩膀上轻轻飘着丝织围巾的仕女们，此外还有接连不断的行人在道上奔涌。玛丽掩在对面一家门洞里瞧着这些欢乐活泼的人们。她很天真地羡慕他们，心里念着那个高大的巡警不知会不会请她一同到戏院子去，如果请她，她妈会不会让她去。她想她妈不会让她去的，但是她迷糊地觉得果真她能够得到这样一个喜悦的邀请，她有把握会想法子出去的。她正梦想假使有这样的款待，打算要把她那件最好的外套好好地改造一下，正在这时，她恍惚看见葛莱夫登街的转弯角上露出一个高大个儿渐渐地向戏院走来。这人就是他，她心里乐得直跳。她但愿他不会看见她，又愿意他能够看见她，身上忽然一阵冷战，她看见他并不是一个人。一个年轻、肥胖、两颊微红的姑娘傍着他。他们渐渐地过来，那个姑娘伸手去挽着他的手臂，说了几句话。他弯下身去凑近她答复她的话，她对他嫣然地一笑。接连很快地交谈了几句，他们两人一齐笑了起来，于是他们消失到那扇卖两个半先令一张票的门里了。

玛丽缩回到那个门洞里。她起了一个怪想，好像人人都要看她，人人都怀着恶意地笑她。过了几分钟她走了出来，匆匆地走回家去。这时她耳内听不见街上的嘈杂声音，眼里看不见游行的人群。她走路时脸儿朝下，在她草帽的阔檐之下一双眼睛汪着两包酸泪，这种眼泪向来没有流过。

# 十五

第二天早上她妈身体不见得好。她也不想起床，就是听见隔壁屋里那个男子早晨起来下楼梯的脚步声都不注意。玛丽几次三番地叫醒她，但每次说完了“呕，宝贝”，她又昏昏地迷糊过去了，这种迷糊并非睡觉，实在是昏迷。她的老象牙色的焦黄的脸子薄薄上了一层颜色，她的两片薄嘴唇松松地张着，略有点丰肥，所以玛丽觉得她病时倒比健时好看些，但那搁在一床粗毛毡上的干瘪胳膊看上去不但消瘦，简直是枯干，那只手比向来更黄，更像一个爪子了。

玛丽照常把早茶放在床上，又把她妈叫醒了，她妈望空愣了一会儿，用胳膊肘子支起她的身子，于是毅然地决心一下，在床中坐起来，竭力把心按在她的早茶上。她一口气喝了两杯茶，但那面包，她觉得嘴里无味吞了一口之后，便把它放在一旁了。

“我一点不知道我会变成什么样子，我一点也不知道。”她说。

“妈也许是着冷。”玛丽回答说。

“我脸上难看不难看，现在？”

玛丽细细端详一下。

“不，”她回答说，“你脸上的颜色倒比平常红些，你的眼睛很亮。我看你的样子很好。你心里觉得怎么样？”

“我不觉怎么样，只是困。你把那面镜子递给我，宝贝，我瞧瞧我什么样子。”

玛丽从墙上摘下那面镜子递给她。

“我脸上一点不难看。带点儿颜色于我总是合适的。可是，你看我的舌头，舌苔厚极了，完全是一个坏舌头。玛丽，你外婆临死时的舌头正是这个样子。”

“妈有什么难受没有？”她女儿说。

“没有，宝贝，就觉额前嗡嗡嗡的仿佛有件东西转得很快似的，害得我两眼好累，我的脑袋仿佛有双倍重。把这镜子拿去挂上。我试试睡一觉看，也许醒来能好些，你给出去买点牛肉，我们煮点牛肉茶喝。吃了也许于我好一点。

我那裙子袋里的钱口袋拿来给我。”

玛丽找着了钱袋拿到床边。她妈打开来拿出了一个顶针，一条靴带，五个纽子，一个六便士的银角子，在外又一便士。她把六便士的银角给了玛丽。

“买半磅腿上的肉，”她说，“还剩下四便士买面包同茶叶，要不这样吧，把那一便士也带着，到肉铺里花二便士买半磅零块的牛肉，买两便士一罐炼乳，这是四便士了，还要一便士半的面包，一便士的茶叶，这是六便士半了，再把剩下的半便士买葱，回头放在牛肉茶里。不要忘记了，宝贝，肉要挑瘦的，那伙人常要搭上几块肉皮肉骨头。告诉他这是给你妈煮牛肉茶的，说我在这里不好过。替我问克文太太好，她好久不到肉铺里来了。我现在要睡觉。无论怎么样我明天总得去做工，因为家里一个大子儿也没有了。快点回来，宝贝，愈快愈好。”

玛丽穿上衣服出门去买这些食物，但是她不马上就买。她到了街上忽然转过身来，两手紧握着做一种失望的动作，急急往那反对的方向走去。她转到旁的街上到那公园的门口。她的两手忽而紧握，忽而放松，心里着实不耐烦的样子，两只眼睛不住地东瞅西瞧，在几个过路的人之间射来射去宛似两盏灯笼。她进了公园门，走到那条正中的大路，她在这里脚步渐渐地放缓了：她并没有看见栏杆后的花坛，甚至将世界浴在光荣里的日光也没有看见。走到纪念碑前她偷眼瞧了瞧她已经走过的路上——看见没有人跟在她背后。她又转到草地上，在树底下独自徘徊，这些树她也没有看见，连那上至土堆下至土坳的斜坡都没有注意。偶然间，她的零碎的思想中记起她妈病在家里，等着她女儿带食物回去，她这样想起时，便很惊慌地两手紧握在一起，立刻将这念头驱逐了。——一种暂时的念头，她竟会恨她的母亲。

她离开公园时已经将近五点钟。她颓丧地昏迷地走着。在她很熟悉的范围内这里走走，那里走走，走了总有好几个钟点，愈走愈任性愈没有目的了。这时太阳已经下去，一种苍色的薄暮降落到田野里，一阵小风沿草吹去吹得窸窸作响，有的摇动了那些轻细的树枝，使这薄暮生出一种阴寒萧条的景象。她走出大门陡觉寒气侵骨，但是记起她妈来，便急急跑回家去。这时她忘记了在树林里的寻访，一心专想她进屋去的时候她妈必要说什么话，与一双申斥、惊愕的眼睛怎样地瞪她，想起来不免又羞又惧。她有什么话可说呢？她想不出一句来。这样无端的，冷血的，难以解释的疏忽她怎么可以辩护呢？

她带了食物爬上回声的楼梯，站在门外轻轻地哭泣起来。她不愿开门。她可以想象她妈这时必是头昏目眩地坐在床中，怀疑，恼怒，惊惧，揣想意外和恐怖，当她进去时，这时她陡然起一个冲动，心想轻轻地把门开了，进去放下食物，逃下楼梯，出去无论到天涯地角，永远不再回来。结果她只得拧开了门把身子挨了进去。这时她脸上发烧，眼里冒火，望出来什么也看不见。她不对那张床看，直冲冲到火炉旁边，用了十二分的忍耐去收拾那煤火。她倔强了一会儿，猛然扭过身来，等候无论发生什么，准备破口大骂，准备咆哮，却不料她妈很安静地睡在那里。她睡得极酣，这时一种重的、完全真的苦痛从玛丽心内发生。她的十个手指飞也似的忙着预备牛肉茶。她也忘记了她要去会见的那个男子。她很想将两臂紧紧地去抱住她妈。她要轻轻地对她说几句哄孩子的话，把她搂在怀里摇着，哼着小调，吻她，抚摩她的脸儿。

# 十六

她妈依然不见得好，只有逐渐见坏。除了她所抱怨的形容憔悴之外，又加大烧大冷，还有眉梁里一阵阵抽筋似的发痛使她时时头晕，眼睛看不见东西。一阵阵头晕晕得她不能起立。她全身的重心仿佛是坏了，她站起来想要走几步，身子总是偏向旁去，勉强挣扎着要走到门边，但是不由自主地跛向至少离门四尺远的左边。玛丽扶她回到床上，她躺了一会儿，注视她面前无数的平行线好像织布似的奔命地穿来穿去，这些平行线过了一会儿互相缠绕，绕了又绕，绕成极紊乱复杂的花样使她一看便要头痛。

所有这些东西她都形容给她女儿听，她模仿正在她面前织着的花样有如此的精细，使玛丽差不多可以看见了。她又讲论这病情的因果，又解释那使她发烧发寒的热度和冷度，与痛的扩张，扩张到了可怕的最高一点，便渐渐缓和下来，及至缓和到了最轻时，又像一个橡皮槌子扎了一下似的。她们两人谁也没有想到请医生。在这种情形内医生是不大请的，连想都不大想到。一个人生病都是根据某种牢不可破的、规定的、不能克服的定律，要反抗这种定律乃是呆子，一个人病好了，没有别的原因，只因为总不能病一辈子。疾病偷偷地侵入健康正如同黑夜慢慢地钻进白天一样，自然有一种确定的方法可以疗治她的病症，这种方法只于做医生的要来横加干涉。并且医生给人治病还希望报酬——出了意外的，可笑的奢望。那些在平常还不够供给一位面包司务的人，病的时候当然更没有力量去酬谢一位医生了。

莫须有太太虽然病着，但是她很为生存的实际问题着急。她的最后的七便士买了食物早已吃得忘记了。第二天，第三天，以致后来无穷尽的日子的生命的需要一齐都拥上前来吵着要求立刻注意。那位房东的幽灵坐在她床边勒索房租，恶狠狠地威吓她不给钱便叫搬走，两者之中听她自便。还有面包司务、肉铺掌柜、杂货店老板的恶鬼都在房角里磨牙侧目地吵闹。

每天玛丽总要带点东西到当铺去。她们靠着她们唯一的资本——她们屋内的破烂家具——暂时活了几天。只要稍有一点价值的东西都已卖光了。玛丽的几件衣服够她们活了六天。她妈礼拜天穿的裙子又养了她们一天。一床粗毛毡与一个破脸盆架维持她们不至于饿死。一个水瓶和一条油布暂时敲了敲豺狼似的牙齿便没有了。那挂窗帘还不够搅扰那饿透了的肚子。

结果那间屋子弄得精光如同旷野一般，差不多不堪居住了。没有家具的屋子真是一个鬼怪的地方。屋内发的声音也是怪声怪调的，连说话的声音都没有一点人气，变成一种凄凉、空洞的回声，这种空洞的回声颇有点冬天的冰霜的色彩。再没有别的声音像一间空房子里的回声那样死寂，那样沉闷，那样颓丧。躺在床上的瘦小妇人看去倒还不比她的屋子瘦小，到这时屋内已经没有东西可以再往当铺里或旧货摊上送了。

奥康诺太太寄来一张明信片用一种照例对于一种通信的命令口气，叫莫须有太太明天早晨八点以前到她那边去。莫须有太太读了这封信长叹了一声。这信就是工作，饭粮和赎回家用的什物，她知道明天早晨她决不能起床的。她躺着想了一会儿，于是唤她女儿过来。

“囡，”她说，“明天早晨你到这地方去一趟试试，你能做什么便做什么。告诉奥康诺太太我现在病着，说你是我的女儿可以帮忙，你可以好好地做一时试试。”

她把她女儿的脑袋搂到胸前，自己低头悲痛起来，因为她知道这种工作是一个开端，也是一个结束，一个可以抚摩的、搂着颠摇的、随便教训的小女儿的结束，便是一个成年的妇人的开端，她渐渐长大起来，长得比她还大，她便会隐瞒，藏匿种种感情、希望、冒险，连做母亲的都不能与闻。她知道这种工作就是堕落，将她女儿的生命的前途扩充到萧条、穷困的地平线上，在这地平线内的云彩就是肥皂水和擦地板布，在这地平线外只有一种失望的没有办法，这种没有办法被饥饿搅扰得更没有办法。

“喔，我的囡，”她说，“我想到要你做这种工作，真是恨人，但是只做一会儿，一礼拜，那时候我病也就好了。只于一小礼拜，我的肉，我的心肝，我的宝贝囡。”

# 十七

玛丽一清早惊醒过来。她觉得仿佛有人唤她，躺了一会儿听听她妈说话没有。但是她妈睡得好好的。向来她妈睡着的时候与醒的时候一样的使劲。她老是不断地翻来覆去，动手动脚，嘴里胡言乱语的。许多零碎的感叹词，如同“呵，哦，不要紧，当然不是，实在呵”，像枪珠似的从她嘴唇边射出来，在这些话之间常有一种冷笑似的鼻了·嗤，往往惹恼了或惊醒了她同床的人。独有今天她躺在那里以前那种感叹的字句一个也听不见。只有那沉重深长的、很吃力的气息从她嘴唇边泄漏出来，很凄惨地流入那间荒凉的屋子里。

玛丽躺了一会儿，奇怪什么事情使她这样清醒，她的眼睛张得大大的，她脑筋里的睡意逃得影迹无踪了，于是她记起今天早晨，这是她生平第一次，她得出去工作。这一点意思昨夜带了她上床，今朝急忙催醒了她。她立刻跳下床来，胡乱披上一点够暖的衣服，预备先点着火。她醒得实在太早，但是她不能再在床上定心睡一会儿。对于工作这种观念她原是不欢迎的，不过换一种新鲜的那种趣味，可得一时兴奋的那种新鲜，虽然极苦的工作，可使她第一天上手，不感一点苦痛。年轻人的脾气老是如此：虽然是苦工，还以为是一桩冒险，无论什么事情只要改变她日常的生活情形总是欢迎的。这天的火也与她一样兴奋：不到一会儿工夫火苗上来敛成一团立刻轰轰地燃烧起来，烧得满炉通红，这时黑烟和火苗全已消失，她放上了水壶。一会儿水开了，她泡上茶。她把面包切成片，每杯茶里放上一匙炼乳，于是她唤醒她母亲。

吃早茶的工夫她妈教给她怎么样工作。她告诉她女儿刷木器得要逆着纹路刷，这样使刷子得劲，并且泥垢下来得比顺着刷要快一倍。她告诉她千万不能省胰子。胰子少就是得多擦，又嘱咐她擦地板布务必要拧得干干的，因为干布吸水比湿布可以多一倍，这样便省工。她又告诉玛丽擦地板时常常要改变她身体的位置免得扭着、闪着这种事情，拧布时不是跪起来，就得站起来，这样可以给她一点休息，改变动作大可以使她轻松，最要紧的做事要费功夫，性急做不出干净活来，并且没有一个主人喜欢的。

玛丽在出门以前还须找一个人来在白天里看守她妈。穷人之中这类事情倒不难办的。她第一个一找便找到隔壁屋里做小工的娘子。她是一个肥胖的妇人，有六个孩子，笑起来好像刮大风，玛丽到她那里去求她的时候，她摆脱了那六个孩子如同丢开玩意儿似的，于是她出来走到楼梯顶上。

“你做你的工去吧，宝贝，”她说，“你不用惦着你妈，我现在就到她屋里去，要是我自己不在那里，我会留一个孩子跟着她，她要什么东西好来叫我，你一点不用烦恼，上帝帮助你！反正她跟着我好比住吉维士街医院一样的平安、舒服。她现在什么不适意？她脑袋痛还是肚子坏了。上帝帮助她。”

玛丽很简单地说了几句，她走下楼梯，看见那个胖女人走进她妈屋子去了。

她从来没有一早到过街上去，所以再也不知道早晨的太阳有这样的美丽。那些街上差不多没有一个人，那日光——一种极娇嫩，差不多没有颜色的光辉——缓缓地落在那条阒无声息的长街上。没有了往常那种人群和车马的拥挤，她疑心此地是外国了，她转弯时必须看了又看地注意，在平常闭上眼睛她都找得着。各家铺子的百叶窗都还关着，一般窗子都还盖着窗帘。一辆又一辆的牛奶车辘辘地在街上滚过，一辆辆朱红油漆的面包车忽忽地飞过。她遇见的有限几个过路的人都是些衣服褴褛的男子，他们背上都是背着饭罐、工具，一个个都是迈着大步走，好像唯恐到哪里去赶不上似的。三四个男孩在她身边跑过，其中有一个手里拿着一大个儿面包，一边跑一边用牙齿啃着吃。街上似乎比她心里所想象得更干净，那些房子看上去很安静，很美丽。这时她望见一个巡警远远地向她仔细一瞧，又希望又害怕这便是她那位朋友，但是并不是他。她心里发生一种难过的感觉也许今天他在凤凰公园里找她，实在，不一定前几天他便在那里呢，一想到他找她找了一个空，她心里好像戳了一下。堂堂一个男子汉连找一个女子都找不到手似乎是很不对的，不应当的。一个爷儿们这边找找，那边找找，躲在树后，站远方偷着瞧瞧，以为也许人家把他忘了，或者瞧不起他，这种情形多么可怜。她想这种情形之下，一个小女孩子有什么法子可以安慰一个爷儿们。也许有人可以抚摸他的手，但只这一点还不够。她愿意她有他两倍那样大，如此她便可以把他搂在怀里，当他一只小猫似的圈着他，搂着他。只有使劲地一抱才可以补偿一个大男子的感情的损伤。

约莫走了二十分钟的工夫她走到了奥康诺太太家的门口，她叩门。叩了六下才有人开门让她进去，她进门时经过好大麻烦才说明了她是谁，为什么她母亲不来，她很有能力做这工作。她知道开门的人并不是奥康诺太太，因为她下巴底下既没有汗毛，牙齿也不是凸出的。过了一会儿，那人带她到那间放碗盏的屋子里，给她一大桶衣服叫她洗，这个工作开始以后，只剩她一人在屋里好半天。

# 十八

这是一间黑屋子。那些窗子都是七零八落地掩在粗硬的窗帘后面，外边的光线不容易射进来，因此屋内光线很坏。那些门都是藏在厚毛绒的幔后。那些地板都很有规矩地躲在红黑的厚毡之下，四边露着的地板又被蜜蜡所盖，所以没人知道有它们在那里。那条窄的夹道壁立在黑影里，因为从房顶的木棍上挂下来有两个距离六尺远的黑绒门帘。还有同样的绒幔挂在楼梯的每个踏步上，屋内一点声音都听不见。只有从别处传来的模糊不清的，如同坟墓里发出来似的，空洞的人声。

到了十点钟的时候，玛丽洗濯完了，奥康诺太太进来看她，玛丽一听她的命令就知道是她。这位太太把洗完的东西逐一地特别检查，检查之后，脸上一笑，忽又一板，嘴里说可以。于是她把玛丽领到厨房里，指着一杯茶两片面包请她吃早饭。她自己出去让玛丽独自在屋里。过了六分钟的工夫她好像做木人戏里的木头人似的忽然闯了进来，指挥玛丽洗她的茶杯和碟子，又叫她洗厨房，这些事情玛丽都做了。

她身上立刻觉得疲倦起来，但是倒不至于没有精神，因为厨房里有好多物件可以瞻仰。那里有各种形状各种质料的水壶，大小的锅子，各色样的瓶子，还有一套茶具排列在搁板上，墙上挂着许多大锅盖，这些锅盖她好像在小说里读着的野蛮军人的盾牌一般。厨房的桌子底下放着一列靴子，都已用得起皱纹了，每只靴子都带着一种人样的，差不多聪明的样子——一只皱纹很多的靴子往往有一种疯狂的人的样子，可以迷住了，差不多可以催眠了那个观看的人。她把这些靴子扔在半边，按着每只脸儿的模样，给它们一一地提了名字。有格兰托勃斯斯洛舍尔、吞勃吞勃、好必脱、推脱尔、哈特厄危和蕃雷贝尔。

她正在工作，一位年轻的姑娘走进厨房里来拾起那双称为蕃雷贝尔的靴子。她进来时玛丽急忙向她盯了一眼，随即低下头去洗东西，继又极仓皇地偷看了一眼。那个姑娘年纪不大，修饰得很整齐好像日光里的花园似的。她的脸上堆满着笑容和自由好似一个满天晴霞的早晨。她走起来很轻快，很高兴地一纵一跳，每步都像预备要跳舞，又轻又快又稳当。玛丽心里一动，这人她是认识的，她低下脸去，脸上渐渐发红，红得比她所擦的红砖还红。她像电闪似的认得她。她的脑筋里大声地问“我在哪里，哪里见过的？”虽然还在追问之中她已经有了回答，这个姑娘就是到丽华戏园子去在她那个高大巡警膀子里摇摆的那一个。这个姑娘很和善地说了一声早，玛丽心里又怕又急向她溜了一眼，小声回答一声早，这位姑娘便即上楼去了，玛丽继续擦地板。

厨房收拾完以后，检查过了，也得到认可了，她又被叫出去洗刷前面的过道，她便立刻动手。

“你给快一点擦，愈快愈好。”那个女主人说，“我的侄子快来了，他不喜欢看见洗刷。”

玛丽听了赶快低下身去刷。现在她不觉累了。她的两手在地板上毫不用力地上来下去移动得很快。实在她的动作差不多是机械的。那个正在思想的审查的我仿佛与那在水桶上面弯曲着的身子和那擦地板的、浸在水桶里的、拧布条的两双手不相联的。她擦完过道的三分之一听见门外很尖脆地弹了两下。奥康诺太太不声不响地倏地从厨房里飞出来。

“我早知道，”她很难过地说，“他来之前你一定擦不完的。赶快把那水迹渗干了，好让他进来，把胰子拿开，不要挡着道儿。”

她站在那里一手按着门把，玛丽听了她的指挥，两次急忙的动作移去了剩余的水迹之后，奥康诺太太拔开门键，她的侄子进来了。他在门口玛丽一眼便认识他，她的血立刻吓得冻住了，一会儿又羞得沸腾了。

奥康诺太太伸手挽了那个大的巡警进来，和他接了吻。

“我没有法子叫这种人按时候做事情，”她说，“她们都是这样慢。把你的帽子、外套挂起来，到客厅里来。”

那个巡警，目不转珠地盯着玛丽，伸手脱去身上的外套。他的两只眼睛，他的胡须，所有他的脸子，他的全身仿佛都在那里看她。他成了一个莫大的、可怕的问号。他摸摸他韧的胡须，从水桶边绕着过去，他又在客厅门口站定了，用他的怪样对着她。他好像要说话，但是他的话说给奥康诺太太了。

“怎么好？”[1] 她说，于是那扇门在他背后关上了。

玛丽这时极慢地重新跪下去在水桶边动手擦地板。她擦得极慢，有时在同一地方擦了两次三次都有。她一声一声地叹气，可是不觉得苦痛。这种叹气好像不是属于她的。她知道她在那里叹气，但是不能很确实地知道怎么这种抑郁的声音会从她的唇边出来，当时她并不想要叹气，也不是有意地努力去做。她的脑筋里纯粹是空的，她什么也想不了，只看着水桶里地板上，一个个胰子泡的破裂和布条上挤下来一缕一缕水流的样子。这时有一桩事情她可以想的，如果她愿意想，但是她不愿意。

过了一会儿奥康诺太太出来，看看那过道说了一声好了。她付完玛丽工钱，告诉她明天再来，玛丽便回家去了。她一边走着，心里十分留神，不要踹着石路的线上，她在这些线的中间走，但是很感困难，因为这些线的距离不是一样的，所以她走时须用不一样的长短脚步。

① 原文为 How is everything。此处应译为“一切都好吧”。——编者注。

# 十九

隔壁屋子里妇人名叫喀佛底太太。她的身子大而且圆，走起来衣服转动得像旋风似的。她好像常在那里转圆圈，她无论对哪方面笔直地走去，比方要到一架榨机前，刚走到半道蓦然一转又转到旁的地方去了，连她的衣服在她后面晃动得很厉害——这种转弯大概因为有许多孩子之故。做母亲的，时时得要丢开家务，向斜的方面奔，为得救她孩子们脱离许多危险。一个小囝和一个火炉好像磁铁似的互相吸引，一个年幼的男小囡常想要吃一个小罐或一块黑炭或一根青鱼的脊骨，一个女小孩与一个脏水桶是站在一起的，那个手抱着的小囝把一把小刀子塞在嘴里，那个双生子正要吞下一块大理石或在水桶里弄水，或那只猫要卧在他的脸上。真的有六个孩子的妇人从来不知道她的第二步应该向哪边走，为要保存她的后裔所使的那种不断的劲儿把许多做母亲的眼睛、胳膊、腿都变成了有规则的旋风。有的妇人到了这种情形很容易使性子，她可以刚把一个孩子打完几下，同时又抱他起来搂在怀里，她忽而厉声地恐吓，忽而宝贝心肝地呼唤，忽而警告，忽而劝诫，她的作为都是使人惊讶的相继不断。一个妇人有了六个孩子，她的身体与心理两方面都要向切线上走的，若是对于她的丈夫还得要麻烦或奉承，做到这样的妇人的生命比我们立刻可以了解那种混杂情形还要混杂。

玛丽到家的时候喀佛底太太正坐在她妈床上，两个小小囡同一只猫也在床上，两个大些的孩子在床下，还有两个在屋子里上下地狂跳。在后面的两个双生子有时学马跑，有时学开快车。他们装马的时候便做打喷嚏、马嘶、脚踢，他们开快车的时候便做向后退车、向旁错车、吹哨子、放汽管。在床下的两个孩子学做树林里的老虎，他们装的声音极像这种野兽在这种地方，他们拼命地对咬，作狂吼声，咆哮得简直同真的老虎一模一样，在床上的一对小囡在那里撞着玩，两人都站直了，向高处一纵，落下来倒在床上这一碰又把他们弹了起来。他们每次一纵总是大声地叫嚷，每次落下来欢呼地彼此恭喜，有时他们落下来两人掉在一块儿便大嚷大乐地揪打。有时候他们还会落在莫须有太太身上。他们常常拿脑袋去撞她。他们的妈坐在床边上用极大的声音讲她丈夫的妹子的故事，她说她小姑子的模样在明眼人看来真是一副贱相，她说这段故事的工夫，因为孩子们吵得太厉害，所以一会儿骂这个，一会儿威吓那个，一会儿替这个辩护，一会儿替那个告饶，一会儿惊吓，一会儿失望，有时对单个人的，有时对全体的，喊他们时不是用名字就是用别名或者临时捏造出一个绰号来。

玛丽一见这个情形发呆了，站在门口不动。她一时间捉摸不到这许多吵闹的声音，她站在那里，喀佛底太太一眼便瞥见了她。

“进来，宝贝，”她说，“你妈这半天好极了。她用不着别的，只要有个好伴儿陪她，有几个孩子跟她玩玩。真的。”她继续说：“冲我的知识，一个女人顶好的药就是孩子们。他们不让你有生病的工夫，那种小把戏们！约翰，你不放你小妹，我打你脑瓜子，挪拉，不要惹他，你要挨打是怎么？依利萨伯，你上屋里去切一块面包给这两个小弟弟，放一点糖在上面，宝贝。好，你自己也拿一片，可怜的孩子，你也该吃一点的。”

莫须有太太坐在床上用两个枕头垫在后背。她的一条瘦长胳膊伸在外面挡住那一对双生，怕他们玩的时候撞在墙上。他们分明是她的好朋友了，他们时时来挤她，你也过来抱她，我也过来抱她，都跟她胡打乱闹的。她的样子差不多同平常一样了，她平日那种精神、活泼，全都恢复了。

“妈，你好一点没有？”玛丽说。

莫须有太太两手捧住她女儿的头，尽量吻她直到那两个双生要求她抱才把她们拆开了。

“我现在好多了，囝，”她说，“这些孩子们于我很有好处。到一点钟我可以起床了，我觉得我很好，不过喀佛底太太想我还是不起来的好。”

“我是这样说的，”喀佛底太太说，“我说大妈，你女儿没有回家之前你连一只脚也不要下床来。你明白吗，孩子，因为往往你以为病好了，身上觉得很舒服了，躺在床上没事做，只好起来散散闷，谁知第二天你病又发了，第三天加倍的厉害，到第四天也许要量尺寸预备给你做棺材了。以先我认识的一个妇人就是这样的——她起床来，她说我像平日一样了，她大吃一顿猪头肉和生菜，又洗了衣服，谁知不到一星期他们竟把她埋了。病是一件奇怪的东西。我说，你要是病了，便上床去歇着。”

“说是容易的。”莫须有太太说。

“这话原是不错，我难道会不明白，可怜真是可怜，”喀佛底太太说，“可是你能躺多久，总得躺多久。”

“怎么样，你同奥康诺太太过得来吗？”莫须有太太说。

“就是那个女主家吗？”喀佛底太太问，“一只老狐狸，我敢说她。”

莫须有太太把奥康诺太太的几个重要的特点很简略地说了一遍。

“那些要人侍候的大都是怪物，老天爷知道的。”喀佛底太太说。

这时关于工作的问题很可以发生一段重大的辩论，但是那群孩子，不注意谈话，天翻地覆地吵闹，使说话不能进行。玛丽被诱入他们的游戏队里，这里面有抢四角，有放鹰捉兔，还夹一种跳背的游戏。不到五分钟工夫她的头发，她的袜子全都掉下了，她后面的裙子有四分之三都到前面来。那两个双生在床上大呼大撞，他们把面包、牛油、糖屑一齐抹在床上和莫须有太太身上，同时他们的母亲对着莫须有太太高声讲她的故事，她的声调压倒了孩子们的喧嚷，正如同一个迷雾海上的汽筒压倒波涛的汹涌一样。

# 二十

玛丽将她第一天得的工钱全花了，买了几样好小菜给她母亲开胃。天刚一亮她便轻轻地爬起来，点着火，泡上茶把她买的东西拿出来摊在床边上。她买的是一块咸肉，两根腊肠，两个鸡蛋，三片火腿，一个糖馒头，一便士的糖果和一只猪爪。这些东西还加面包，牛油，茶，一共堆了一堆，一个病人坐在这样一个食物堆里总可以吃满意了。玛丽于是唤醒了她，自己坐在一旁心甜意蜜地看着她妈的眼珠慢慢的、莫名其妙的从这食物上滚到那食物上。莫须有太太用她的食指在每种食物上轻轻地摸了一摸，一一道了它们的名字，居然都没有叫错。于是她捡起一块有四种颜色的，像太阳的光彩似的，美丽的糖果放在嘴里。

“像这样的东西我从来没有见过，你这好孩子你。”她说。

玛丽将身子左右地摇荡，很快活地，高声地哈哈笑了，她们把每样都吃了一点，两人都很高兴。

莫须有太太说今晨她觉得完全好了。她一夜睡得很甜，还做了一梦，梦见她兄弟伯德哥站在美洲的极远的海边上，隔着大洋高声喊过来说不久他要回爱尔兰，他在美洲很得法，并且他还没有娶亲。他的模样一点没有改变，还像二十年前他与父亲同她三人在家时一样年轻，一样活泼。做了这个好梦，又睡了一觉好觉，她的力气精神完全恢复了。莫须有太太又对她女儿说她今天决计自己去做工。依她的是非的观念把她孩子做成一个短工的佣妇是不合适，特别是她和她女儿不久都要走好运了，这是很可靠的，差不多是确实无可疑的。

梦这样东西，莫须有太太说，不是没有来由的。有许多事情我们平常不知道，在梦里会知道。她以先做过不少不少的梦大都是应验的，所以她对于梦中的允许、警告或恐吓再也不能忽略了。虽然也有许多人做了梦没有果，这大都是因为吃得过饱，或者是一种倏忽的轻浮的想象。比方酒醉的人常常梦见奇怪的可怕的事情，像这类人就是在醒的时候他们的蒙眬的眼睛、朦胧的智识对于那些想象的仇敌往往很容易放大到超乎合理的比例之外，他们睡着了，他们的梦境当然也被这种朦胧、空虚的旋转与幻想所支配了。

玛丽说她有时一点梦也不做，有时做得很清楚，但是平常都是夜里做了梦，醒来全忘了。有一次她梦见一个人给了她一先令，她很小心地拿来藏在枕底下，这个梦很真很清楚的，她早晨醒来伸手到枕下去探探那先令在不在，但是没有。第二天晚上她又梦见同样的梦，她把幻想的钱塞到枕下的时候，她大声对自己说“我现在又做这个梦，昨夜我也做了这梦”。她妈说假使你连着做三次，必然有人真会给你一个先令的。对于这话玛丽极赞成，这自己承认她在第三夜竭力想要再做这个梦，但是不知为什么没有做。

“我兄弟从美洲回来之后，”莫须有太太说，“我们立刻离开此地搬到别地方去。我想他也许要在南边——莱斯法罕或忒伦纽那边，或者，也许在顿尼布鲁克——找所大一点的房子。他当然要找她去给他料理家务，照管佣人，每天预备新鲜的饭食等事情，到那时候你可以出门到邻舍人家去做客，出去打网球或板球，出去吃饭。这些应酬也是一种重大的责任，不可免的。”

“你要吃什么样的饭食？”玛丽说。

莫须有太太两眼一闪，在床上把身子向前一屈，正要开口回答，只听见隔壁那个工人把门砰地一关，好像雷响似的滚下楼梯去了。莫须有太太立刻从床上跳下来，把头发绕了三绕梳起了，又像波涛奔腾似的奇怪的动作动了八下便穿完了她的衣服。她将每件穿戴的东西安放在相当的地位以后，玛丽忙把别针给她别上——四个寻常的别针别在这边，两个安全的别针别在那边，穿齐之后莫须有太太吻了她女儿十六次，于是飞下楼梯出门做工去了。

# 二十一

过了几分钟喀佛底太太走进屋里来。她也像别的妇人似的每天早晨总要说她们丈夫的长短，因为做丈夫的一到早晨便是个难指挥的坏脾气的东西，没有喜欢脸儿，不灵动的，甚至对他自己的孩子都没有那种至性的趣味，并且很容易厌恶地误解他妻子的话。要消灭这种不欢只要他混入别的男子队里。做丈夫的把那些男子仿佛当作一个大澡盆，他一跳下澡盆就把妻子、儿女、家庭内一切的安全一概不顾了，回头从澡盆里出来便换了一个新人，见了他妻子、儿女、家庭，又都有趣了，直到第二天的早晨。许多妇女以为这是一种苦痛，往往算作一种凌辱，虽然她们竭力要疗治这特别的伤痕，甚至会做点好饭去哄他，但是完全无效的，只好不断地去请教别的妇人大家讨论这问题。喀佛底太太不过叫她丈夫照料那个小小团，因为她要给他盛稀饭，谁知他竟厉声威吓她说，如果她来搅扰他，他要把稀饭泼在她颈根上。

她正为这一早的疯癫想来和她朋友商量，她一看莫须有太太已经出门去了，脸上立刻显露失望。但这只是一时的。一般妇人大概都有一种对于妇女的社交智识。她们交际的态度总是很好的。其实，她们仿佛都是彼此猜忌，必得用种种可能的方法，恭维，奉承，或郑重的手段，去互相调和。女子之间彼此很少自由，因为除了两个极端相反的东西之间没有真的自由或真的相识。同类之间只不过外表相像，异类之间才有一个空间使彼此的好奇与精神都可以在那里探险。两个极端一定会相遇，相遇是因为他们的急迫的需要，也就是他们所以有距离的原因，他们距离愈远，回头愈速，他们的接近也就愈热烈：他们也许将各人撕成粉碎，也许彼此熔化成为不能熔化的、新奇的，但是再也产不出别的好东西。两性之间在交际上有一种非常的真自由。他们相识乃是识透了彼此的心理。一对不相识的男女在一刻钟内可以完全相识。这大概是真的，他们见面不到几分钟彼此便竭力地说明自己。但是男子见了男子未必能如此，女子见了女子尤其不如此了，因为这些都是平行线永远不会相遇的。后者的相见，特别的，往往自始至终是在武装与算计的中立状态之中。她们用一种永远不离她们左右的严重的社交手段保守她们中间的距离与各人的意见，这种手段比什么都厉害，曾经帮助建立各种礼节，我们现代文明的一半差不多就是这些礼节。男子们都知道女子与女子同住没有不打架的，她们也得不到旁的女子像男子替女子做事所用的那种好心来替她们做事。如果这话不错，这理由不应该在女性间的复杂情形，如同猜忌或激烈的竞争里寻找，应该在女子永远忍受的那种身体上的循环不已的变动里寻找。男子能够并且愿意用他的拳头去答复别人对于他的侮辱，因此他们彼此见面反倒变为和平、好脾气了；女子在她们的同性与她们自己的容易受刺激的感情之间也设了种种的规矩礼节做她们的防御线。

喀佛底太太藏起她的失望，格外和颜悦色地同玛丽谈天。她坐在床边谈论凡是女子可以谈论的各种问题。人都以为女子虽然不断地谈话，但是她们的谈话总不出乎客厅与厨房之间，更详细地说，就是在楼顶的小屋与碗盏室之间，但是这两个极端比我们所想象的还要狭隘，因为从楼顶的小屋望出去只看见星宿，由碗盏室看出去往往是厨房的小院或一堆垃圾——她们的眼界就是她们的地平线。死与生的玄妙占据女子的心里远过于占据男子的心里，对于男子要以政治与商业的投机为最合适。女子深深的从事于直接的买卖，和交易时所有的绝对的形式，所以女子对于商业的实际情形往往比较许多商人更明白。假使男子能知道家庭经济有女子所知的一半，他们的政治经济与他们的全体的重要政治也就不至于像现在这样无益地扰乱了。

以上这些话，玛丽都觉得很有意思，还有一层，这时她正希望有人给她做伴。假使没有人在她身旁，她也许非遇见某种思想、记忆、影像不可，她心里恍惚觉得总以不遇见这些为是。她昨天的工作，她在屋内遇见的那位姑娘，那个巡警——所有这些记忆她在心里一一绕着躲开了。她决意把所有与这些记忆有关系的念头一齐抛开。如今在她意识内隐约浮泛的巡警不是一个合意的人，甚至于不是一个人，一个距离，仿佛是她儿时的一瞬，仿佛是已经忘了一半的怪物，一种永远不该复活的记忆。她的模糊的思想把他隐藏了，仿佛变成一个已死的人，她无论在哪里永远不会再见他。所以她决计把他关在她心内的不舒服的牢狱里，他虽然无力，依旧在那里挣扎，不定哪时候好像一个奇怪的问题或忽然的羞赧蓦地跳了出来。她把他隐在一个玫瑰色的红晕里，这红晕只要吹一口气便可以满面通红，她却掩在喀佛底太太的滔滔不绝的谈话后面躲着他，她仿佛从蒙面纱里望出来似的，时时望见他的帽尖，翘着的坚细的胡须，和一对高耸的肩膀。她对着这些隐约的鬼相，就拿一大阵的话把他的鬼影子给淹了去，但是她知道他等着要捉她，而且他一定能捉住她，她想到这里，不由得不恨他了。

# 二十二

喀佛底太太提议要同玛丽出去买办那天的饭菜，她披上围巾，戴上帽子，吩咐了她的孩子们不许走近火炉、煤斗与脏水桶，她给了每人一片面包，又把每个孩子一一地交给其余的几个管束，同时玛丽的细腻的打扮只剩戴帽子的两层手续了。

“等你有了孩子，我的宝贝，”喀佛底太太说，“你就不会这样打扮了。”她又告诉玛丽她自己年轻时她总要费一点半钟的工夫才能梳上她的头发，她特别注意穿一件外衣或别裙子在腰带上，这点事情要麻烦她两个钟头，但是她很高兴。“可是，”她大声说，“你一有孩子，所有这些打扮都完了。等你有了六个孩子，天天早晨要你给他们穿衣服，有的鞋子不见了，有的同别人的闹错了，一个个扭来扭去像盆里的鳗鱼似的，总要你把他们身上的魔鬼打出去才能够把他们的袜子穿上：你听吧，不是他们的脚指头钻错了地方！就是埋怨你把别针扎了他们的肉！又说你把胰子抹了他们的眼睛！”——喀佛底太太翻着两眼，举起两手，对着房顶默默地埋怨上帝，既而又很绝望似的落了下来，好像她这样的人上帝永远不理会的——“一个个的够你打扮的，有一点余暇为你自己打扮那真是幸福。”她说。

她满口称赞玛丽的头发，她的相貌，她的脚小，她的眼大，她的身腰苗条，她的帽子，她的鞋带。她这样公平这样周到的赞美，她甚至在她们出去时说得玛丽脸都绯红了，玛丽一边感激她的赞美，一边又有小女孩子应有的那种自信，相信她自己确是漂亮的。

这是一个美丽的淡灰的天色，天空是沉重的仿佛永远不能移动或改变似的，正是爱尔兰常有的那种满天云影的天气，空气非常澄清，连极远的地方也可以望得逼真。在这样的天气各样东西显露得极清楚。一条街已经不是一大堆房子害羞似的挤在一起，怕缩缩的唯恐人家看它们笑它们了。这时候每所房子都恢复了它的个性。那些街道有一种胜任的精神知道它们身背着它们的马、汽车和电车，用一种谦逊的态度做它们的装饰如同用花冠做装饰一样。这美不是平常有太阳时候的一类，因为太阳光只是逞年轻，一种落拓相。这天色可不同，历史的面目，千百种陈迹的记忆，全都展露了出来，就比是一副沉静的面目，由经验结成知识又由知识化生慈悲的智慧。伟大的社会性的美在这天色下在市街上闪亮，那天空阴沉沉地孵着就比是一个有思想的前额。她们两人一路走，喀佛底太太计算她买的东西，仿佛一个带兵的将军计划他的战略。她的买东西与莫须有太太的买东西大不同，因为她所需要的是八口人的食料和衣料，莫须有太太不过是两口人的需要。莫须有太太是到离她家最近的铺子里去买，她同那个店主是有交情的。假使铺子里要的物价或给的东西稍有可疑的地方她立刻拿了去退回。第一次给她定的什么价钱便成了莫须有太太终身不变的标准，要脱离这个标准那是不行的。鸡蛋卖给别人都可以涨价，独有卖给她不能。假使莫须有太太一听得物价涨了，她立刻气得眼也睁大了，身体也战栗了，说话也多了，平日的交情也破坏了，非得她的条件被承认，并且定为适中的标准之后才肯罢休。喀佛底太太便不如此，她认为所有的店主都是各人的仇敌，也就是人类的仇敌，他们最好剥削穷人，所以凡是好百姓都应该用一种激烈的战争去反抗他们。她对于货物的材料，物质的好坏，新鲜的程度，本地与他处的价格这种智识很丰富。她利用一种很有效力的方法：在克兰勃拉西街上说莫利街上的价钱，假使那个店主不肯减去他的价格，她就会大声地不赞成吵得别的雇主一看那个骗子的假面具被揭穿了，便都走开了。她的方法是出人意料的。她抓起一样东西向柜台上一放，嘴里说以下的话，“六个便士，多一个不要，我在莫利街上只花五个半便士就成了”。她知道所有的铺子里总有一种货品价钱特别便宜的，所以她交易的范围很广，她不是买完这样买那样，她常常离开她的战线嘴里这样说“我们看看这里有什么”，她一进了铺子她那双大圆眼睛只要一瞥便把千百条货物与价格的条目都摄了进去，并且永远不会忘记的。

喀佛底太太的女儿，挪拉，不久将行第一次的圣餐礼。这是一个小姑娘同她母亲一生中最重要的一个礼节。一套白洋纱衣服蓝色腰带，一顶白洋纱帽子镶蓝色的缎条，棕色皮鞋一双与棕色最近似的袜子——这些都得备办的。这是个对于这事有密切关系的人的重要时间。世上每个姑娘都曾行过这礼：她们都穿这样衣服，这样的鞋，在这一两天内所有的妇人，无论多大年纪，心里都爱那个行第一次圣餐礼的小姑娘。这事的魔力说不定比什么都厉害，可使一个过路人回想到他小孩的时代有目前的快乐，目前的好奇与前途种种的希望，种种的冒险。因此给女儿打扮得合适竟是一种对于公众的义务。做母亲的个个都很起劲地做那对的事情，并且竭力做到配受她的同伴的赞赏，哪怕就只一天的赞赏呢。

找一双棕色袜子同一双棕色鞋彼此要相配的是给喀佛底太太和玛丽的一个难题，但是高兴的。鞋是已经买妥了，现在要找一双袜子与鞋的颜色一模一样的真不容易。论千的盒子都打开过，检选过，一个个都搁在半边，要完全相像的颜色终究没有找到。她们从这铺子出来到那铺子，走完这条街又走那条街，她们的寻觅带领她们穿过葛莱夫登街，路过看见一爿店，这店里喀佛底太太在一月前曾见过有同棕色相仿的袜子，现在要有，大概可以配得过了。

她们一路走去路过大学院，走进那条曲折的街道玛丽的心怦怦地跳起来了。这时她眼里既看不见来往的车辆与拥挤奔忙的过路人，耳内也听不见她身边那位同伴的热心的讲演。她的两眼尽对十字路口瞧。她不敢转过脸来，也不敢对喀佛底太太说什么，一转瞬她便看见了他，魁伟的，静默的，正合适的，那个他的世界里的帝王。他是背朝她，他的高大的肩膀，坚实的腿，红色的脖子同那剪得短短的铁丝似的头发很奇怪地射进她的眼内。这时她有一种特别的感觉仿佛同他相熟的但又似隔膜的，这感觉使她两眼十分好奇地牢牢地钉住在他身上，她看得连喀佛底太太都注意了。

“那个男子很体面，”她说，“他用不着找姑娘去的。”

她说这话时她们两人正从那个巡警身边走过，玛丽知道她的眼睛刚离开他，他的视线差不多像机械似的立刻落在她的脸上。她暗喜这时幸有喀佛底太太在她身旁：假使她独自在那里，她一定急得快走了，差不多要飞跑了，现在有她的同伴给她勇气，使她镇静，所以她敢昂头阔步地走。但是她心里已经震荡了。她可以觉出他的眼珠从她头上直转到她脚上，她可以看见他的大手伸上来摸他的卷曲的胡须。所有这些她都可以从她受惊的脑筋里看见，但是她不能思想，她只能感谢上帝因为她身上穿着那套最漂亮的衣服。

# 二十三

莫须有太太在那里计划赎回她病中当去的那些木器和家具。有的是在许多年以前她出嫁时从她父亲家里搬来的。这些东西是她生下来就看见的，她一生的记忆永远在它们的周围旋绕的老东西之中的几件。一把她父亲生前常坐的椅子，她丈夫向她求婚时曾在这椅子边上欠着身子坐过的，她女儿小时候曾在这椅子里缚过的。一长条地毯和几把刀叉是她一部分的妆奁。她极宝贝这些东西，假使她的工作可以赎它们回来，她决计不再舍弃它们。因此她不得不受像奥康诺太太这样人的气，这种气不是她愿意受，只因为上帝的命令勉强受的，这种命令虽然可以有合法的批评，但是必须要服从。莫须有太太很决绝地说她十分厌恶那个妇人，她是一个眼里无情的人，她的唯一的才能就是呼喝那些比她能干十二倍的人。莫须有太太不得不为这样一个人工作，服从她的申斥，听她的指挥实在是她的苦痛，所有这些事情她以为都不应该。她并不希望这个妇人倒霉，但是希望有那么一天她一定会叫她老实，不再如此乱闹，这是她天天所期望的一日。无论什么人只要收入富裕都可以赁一所房子，可以花钱雇人，并没有什么特别理由足以骄傲。许多人，假使有这样的收入，一定可以有一所装修齐备的房子，对待侍候他们的人会更大量、更和气。当然不能人人都有一个当巡警的侄子，有许多人还不愿意同巡警有一点关系哪。强横霸道的东西们，拿谁都当作贼看！假使莫须有太太有这样一个侄子她一定要毁坏他的骄气——那个混账东西！这时莫须有太太渐渐地愤怒起来。她的黑眼睛里冒火了，她的大鼻子渐渐地缩小了、泛白了，她的两手使劲地抖擞着。“现在你不是在法庭上，你这猴子你——我这样说，他的满脸的络腮胡子，他的大脚，除了他那种愚妄的自尊之外世上没有比他的脚再大的东西。你有一个女儿的，是不是，奶奶，他说，她有多大年纪了，奶奶，他说，你的姑娘人好？奶奶，他说——但是她止住了他——那个妇人得意他比一个皇帝得意他的皇冠还要得意！不要紧。”莫须有太太说，她在屋内奔过来奔过去的，把空气撕成了一片片的全都扔在背后。

不久她便一蹲身坐在地板上，把她的女儿的脑袋拉到她胸前，于是望着炉子里的碎火，一边很聪明地教导玛丽人生的许多事情与在各种情形之下做姑娘的行为动作——如果身体上不得舒服，也得使精神上舒服——那是她讲演的题目。你千万不要存心你是一个仆人，她说。给人工作本不算什么，坐在宝座上的皇帝，跪在神圣祭坛前的祭司，所有的人无论什么地位都得工作，但是没有一个人用得着做仆人。一个人做了工。拿了工钱回去，他的灵魂依然是纯洁无疵。假使一个雇主是聪明的、好的、和善的，莫须有太太会立刻很谦恭地尊敬她。她给这种人做事做掉了指甲、做瘸了脚也都愿意，但是一个巡警或一位财主或一个专好呼来喝去的人……直到她死，埋在九泉之下，对于这种人她再也不肯让步，什么也不承认，除了他们的贼性与粗俗。对于这种人用不着以礼貌相待，她说，她也许已经在一个咒诅的大洋里横冲直撞地行驶了，要不是这时玛丽转过脸来，贴近她的胸膛，预备要开口。

忽然间玛丽的心里发生一种和平的幻景：这个幻景仿佛是大海里的一个绿岛，仿佛是烈日的天空中的一朵白云，一种受保护的生命，这生命里一切世俗的偏见是没有的，虚荣、希望和争斗乃是离得极远的愚鲁。谦卑、平安、有精神便是这个生命：她可以看见那些尼姑在她们墙圈内的花园里徘徊，手里数着念佛珠儿走来走去，小声地替世人的罪孽祈祷，或者心中带着严肃的愉快结队同行到礼拜堂去赞美上帝，或者穿着没到脚跟的长袍到大城里去看护病人，去安慰那些除了上帝以外没有别的安慰者的人——在僻静的地方祈祷，心里不害怕，不怀疑，不轻视……她看见这些事情不觉“心向往之”，她将这些事情告诉她母亲，她母亲摸着她的头发，抚弄她的两手，脸上带着微笑地听着她。但是她母亲不赞成这种事情。固然她谈起尼姑心里总是尊敬的、感动的。她也认识多少文雅的可爱的女子是做尼姑的，并且在多少尼姑的面前她可以含着眼泪带着感情地崇拜她们，但是这一种受保护的有束缚的生命绝不会是她的，她也不信会是玛丽的。对于她，女子的事务不是生命，钻进生命的艰难与奋斗里才是好的，这是一种洗涤，一种滋补。上帝用不着什么帮助，只有男子用得着，他需要得很急，给予这种帮助乃是女子的正当职务。到处都有需要帮助的男子，女子的寻求就是找一个最用得着她的帮助的男子，假使找得了以后就该永远归向他。她想生命中大部分的烦恼就是男子和女子不知道或不尽他们的义务，这个义务就是彼此相爱、相亲、相体贴。一个老伴儿，一个家庭同几个孩子——她从这些人的忠实的协作里看出幸福，模糊地看出一个人得不能讨论的大建筑的计划。人的善和恶同样地激动她使她喜悦与生气，但是她的上帝是自由，她的宗教是爱。自由！即使那残留在军队式的世界的最末一点自由！那是她的性命。她一定不愿受一点灵魂的或肉体的监视支配她个人的生命。有人侵犯她这样行动的，她一定不遗余力地反对；这最末的一线自由为尼姑所牺牲的与所有的仆人和别人所卖掉的。一个人必须要工作，但是千万不要做奴隶——这两条法律她看作有同样的重要，世界的构造便以这些法律为枢纽，谁要违背这些法律便是上帝和人类的叛徒。

但是玛丽什么话也没有说。她母亲的两臂圈着她，忽然她靠在她向来亲热的胸前开始哭了。在那个爱的怀里，一个抵抗世界的柔和的壁垒，一扇从来不曾把她关在门外的或把她的敌人引进来的大门，当然可以疗治她的苦痛。

# 二十四

像都柏林这样一个小城里，一个人在几天之内可以遇见每个他所认识的人。在大街的每个转弯角上总有一个朋友，一个仇人，或一个讨厌东西大脚步地闯到你的身边来，因此一个人在没有转到无论哪一个弯去之前差不多像奉教似的虔诚地说一声“碰木头”(欧习，意思是一碰木头就可以消灾解厄)。不久玛丽又遇见了那个高大的巡警。他从她身后走来傍着她走，很喜悦地、很流畅地对她说话，但是她的好奇心理从这喜悦的、流畅的态度中发现出些微模糊的差异来。玛丽回想以前仿佛他总是从身后来的，这种回想致使他的光荣减少到了最低点。真的，他的临近太像巡警的样子，太鬼祟了，他的来到暗示一种极大的侦视，暗示一种不是普通人的而是一个侦探的心理，他天生会追踪所有的人，他见了朋友不招呼，反倒捉拿他们。

他们俩一路走着，玛丽感到十二分的不舒服。她一声不响地只希望这男子走开，但是无论如何她不能使自己伤害一个这样伟大的男子的感情。一个女子要是伤害一个伟大的男子的最自然的威严没有不痛苦的，对于这事的羞赧使她觉得热烘烘的，他也许会脸红，也许会钳口结舌地说不出话来，她一想到此便难受有几个礼拜，仿佛她曾侮辱了一只大象或一个小孩。

她没有方法脱离他。她既没有勇气又没有经验可以帮助她拒绝一个男子而不伤他的感情，所以也许她就不得不继续傍着他走，一边他对她谈的是当时的政治与都柏林城的地形的那种有知识的谈话。

但是，无可疑的，那个巡警的态度改变了，这理由也不难解释。他的谈话更流畅，更相熟了：以先他仿佛是从男子的、有知识的山巅上俯身到女孩子的无能的、快乐的山谷里；现在呢，他是从一个巡警的尊贵与一个有身份的人降级到下等社会的、奇怪的沟壑里。在很多人，一个同伴的脑筋的卑次有一种好处，因为这使他们感到一种哲理的高超，他自己的个性的殊，这种感觉是熨帖而且开豁的——这也并没有什么害处：进步的速度有时是借助于饰伪、势利，以及庸俗的各种附属的可憎嫌的情形。势利是一个呱呱的孩子，但它会长成到一个满脸骚胡的野心，大多数的德行，一经分析，往往只是多种恶习的混合。但是一方面知识的贫乏虽则是可原谅，有时还可爱，社会等级的差别却只能供利用。我们同等级的人，不论怎样腐化，还是我们的朋友，我们的下属只是我们的鱼肉，所以自从那巡警先生发现了玛丽在别人家做洗刷的工作，他对她的尊敬简直在一刹那间萎缩到了零度，从此看来这世间实在只有一件事是重大的卑污的罪恶，那就是穷。

在很多小地方这种殊别与差异玛丽分明地感到。一个绅士与一个通达世故人的尊严已经部分地给修剪了去：绅士那一部分，这里的成分是和善与不苟言笑，是全没了的，通达世故那一部分留着，它那表现是一种随熟，这意思是这个那个，虽则不须明提却是彼此明白，是当然的：一种做作的平等在一种不着边际的情形上兴冲冲地却是不平稳地栖着，还有那下流的谄媚，这是一个做贼的唯一的本钱用来掩饰他的强盗的存心。因为当他们俩散步到了一条冷清的街上，那巡警就用一大堆的恭维话来补充他的敷衍的学问，为要找到一种适当的征象，他蹂躏了天，蹂躏了地，也不放过深深的大海。玛丽的眼就同晴的天放在一起而天是无比寒碜了，植物的生物的以及矿物的世界都叫搅乱了，大海挨了骂，所有自然与艺术的副产物全给比品得连笑话提都不值。玛丽一点子也不反对听到世界上所有的女人比到她自己超群出众的美貌全成了风瘫与丑怪，她也甘心爱那恭维她的人只要他说得自然而且愉快。她也未尝不愿意做一个男子的安琪与王后，为平等地位起见，她也可以在她的情人身上发现那在埋没中的天神，并且她也可以真心诚意地相信这都是实在只要她能容他——但是这个男人说的并不是真话。她分明看出他是在那里胡扯。他有热心，却没有自然。热心都不能说，这只是贪心：他要一口吃了她下去，吃完了就跑，嘴里还撑着她的嚼不完的骨头，正如那南美洲吞鹿的大蛇口里横着一对鹿角，鲜明的凭据给他自己以及他的同类，证明他已经得到胜利并且曾经大嚼，这是一定能得到尊敬与艳羡的。但他是随熟的，他是欣欣得意的，还有——她发现这一点自觉骇然——他是巨大的。她不能在她知道的字里面在他的大上加一个形容字。她想到了怕人那个字，她就留下了它，但她的本能隐隐在坚持着另还有一个胖胖的、湿糟糟的字可以找得到，这在她的脑筋她的手她的脚都可以得到一种安慰。他不让他的手臂安定，在他的谈话间她的胸前她的肩上都感到它们要求注意的接触。每回他的手碰到了她的，它们就耽着不拿开。它们像是伟大的红色的蜘蛛，像是要浑身纠住她把她挤得黏稀稀的，同时他的脸冲着他一嘴的铁髯逼着要扎她到死……他也笑，他嬉着脸笑，他还跳，他的话现在只是不断的滑稽，说得他自己一阵阵地急笑，玛丽也跟着紧咻咻地发笑，如同一个顺服的快捷的回音：于是，突然的，不说一句话，闪电似的快，他一把抱住了她。街上冷清清的没有人影子，他捉住她活像一个伟大的蜘蛛，他的毛板刷似的骚胡一根根直往前冲地去扎她到死，然后，也不知怎的，她脱身了，离开了他；轻轻地，怕怕地，快快地逃下了那条街去。“等着，等着，”他叫着，“等着。”可是她没有等。

# 二十五

那天晚上喀佛底太太进来同莫须有太太闲谈。那个女人脸上还留着气愤的痕迹，她喝令那成群结队的紧随她身后的一串孩子不许作声的那种态度不如往常和气。往常她不过恐吓要打他们的脑袋，这日她认真打了他们，她走的时候周围哭哭啼啼的仿佛置身在大海里似的。

她的事情很不得法。她丈夫的生意萧条，所以这几天他赋闲在家，虽然那个高大的妇人已经减少了各方面的开销，但是她不能使那八个健壮的胃口正合那一点点的收入。她对莫须有太太愁她的苦经——孩子们不准，他们不能准你减少他们平常的一定的粮食，她觉得他们的食量每天，差不多每点钟，在那里增长，愈长长得愈可怕。她给她看她的右手，专为切面包起了一条梗，从此便破相了。

“上帝保佑我，”她很生气地大声说，“我应该叫这些孩子们挨饿吗？他们啼哭我难道打他们？他们要吃并不是他们的过失，他们没有东西吃并不是我的可怜的男人的过失。如果有人雇他，他很愿意出去做工，假使他找不着事，假使孩子们挨饿，是谁的过失？”

喀佛底太太以为总有地方有点不对，但是应该归罪于天时，还是雇主，还是政府，还是上帝，她便不得而知了，就连莫须有太太也是莫名其妙；不过她们两人都承认总有一个地方有点不合适，这种不合适于她们没有关系，但是它的影响在她们的贫穷上却已显然可见。同时喀佛底太太不得不使自己适应在一个变迁的环境里。工资的涨落自然而然地使一个人的需要跟着有同样的扩大或缩小，因此他的生活的情形也显示了不同。一个有钱的人身体的与心理的活动都可以扩充到遥远的天边，但是贫穷的人只可以限定在他们的接近的、呆板的空气里，所以社会里大部分的生命都是靠着一种永远不息的变更，一种永远从好到坏的摆动，一种扩大与缩小，他们对于这种扩大与缩小是没有保护的，连一点警告都没有。在自然界里这个问题是与季节的伸缩做比例的。夏季里有它的丰富的粮食，冬季里接着就有它的饥荒，许多野居的生物可以节省粮食以备坏时候的需用，这种坏时候它们知道一定会来，并且是按期的，如同好时候一样。蜜蜂松鼠以及许多其他的生物在它们的仓库里贮满了夏天田地里的余剩的粮食，鸟可以搬家，可以找有阳光、有粮食的地方去住，还有别的生物在好的时期内贮藏它们生命的精力预备到坏时候可以安然高卧。种种的组织可以适应它们的环境，因为环境的变迁是知道的，从有的方面多少可以预测的。但是人类的工作者没有这样的有规则。他的食期不随季节来去的。它们的变化没有定期，所以没有方法预防。他的身体上的组织很快地消耗他的精力，使他不能有所贮藏，不能靠着储蓄去睡觉，加之，他的收入寻常总是很少的，不继续的，所以要节省也是不可能，也是笑话。因此人的生命就是不断地适应与再适应。他们对付与抵抗这些变化的强硬的能力比他们所颂扬的常常引以为榜样的蚂蚁与蜜蜂的行为巧妙得更可佩服。

喀佛底太太现在有钱不及以先的多，但是她还得像好日子里付同样的房租，养活同样的几个孩子，维持同样的体面，她的问题是要设法补偿她丈夫所够不到的钱，但是对于各种补偿的方法她都是外行。况且她可以行的方法又是极少。照顾孩子已经占据了做母亲的所有的时间，因此她不能到外面去找点可以减轻她苦痛的事情。虽然也有在家内做的职业，但这个又有极大的竞争，她得不到，缝一千万件衬衣赚一便士的女子已经远超过现在所需要的人数，除非你肯减价减到缝二千万件赚半便士，不然，这类工作是很难得到的。

在这情形之下喀佛底太太实在是没有办法，只可以找一个房客进来。这是穷人中常做的一种合作的方法。从这种事业所得的直接的利益固然极少，但可以利用那大伙合买东西所占的便宜来补偿。许多人这样凑拢钱来买的东西比单个人买东西得益多，价钱又便宜，并且对于消耗与使用索取一种公平的代价，就是寻常所谓租房与侍候的代价，也可以得到些微的个人的利益。

由隔壁店主的好意喀佛底太太找到了一位房客，她鼓起一种永远与失望相连的勇气在她自己房间的间壁租定一间小屋子。这间屋子，用一种令人可惊的建筑的经济，里面有一个壁炉，一扇窗子：这屋的直径大约有一方英寸，当然是一间很好的屋子。那位房客预定第二天便搬进来，喀佛底太太说他确是一位很好的少年，并且不喝酒的。

# 二十六

喀佛底太太的房客按日子搬来了。他是年轻的，瘦得像一块薄板条似的，他的行动很乱。他不大住在屋里。只丁为吃饭飞进家里来，吃完了又从家里飞出去，不到睡觉的时候他是不再出现的。喀佛底太太不知道他什么时候做什么事情，但是她情愿用她自己的灵魂来打赌——她相信她的灵魂很有价值——说他是一个很好的少年，除去他早晨被袱躺在地板上，枕头的一个犄角上有几点蜡油，同在椅子上擦皮鞋这几种毛病之外，他从不给你一点麻烦的。年轻的男子就是有这些毛病也正在我们意料之中的，假使不这样，倒教人家看了奇怪，要怀疑他是不是男性了。

莫须有太太回答说，年轻人，无论是男女，很少有整齐与洁净的习惯，尤其是男孩子，因为他们的母亲使他们从小就蠲弃了一切纯粹的家庭事务。许多人相信，她自己也相信，要使一个男人或男孩子严守家庭的法律是不相宜的。她以为假使要男子进门来脱去他们的靴子，将他们的帽子挂在一定的地方，那样，他们便失去了家庭的舒服。女子因为常住在家内所以容易并且有条理地服从家庭立法的琐碎的法律，但是因为家庭全部的政策是使男子可以在家内居住，可以舒服，因此，所有家庭里的规律不妨收紧到一个极度，然后再折中一个办法出来可以融化甚至最古怪的癖性。她主张，男子因为在工作时间对于纪律已经服从够了，他的家庭应该是一个没有一点烦恼的地方，使他在那里享受于他有益的莫大的自由。

这些道理喀佛底太太都赞成，她又加上一大套述说她自己如何支配她丈夫的方法，与无论哪一个男人都可以极容易的管束；因为她觉得男子是最容易受管束只要这个管束不太显明。假使一个男子一件事情连着做了两次，做那件事已经成为一种习惯，一种嗜好，这时如果有人干涉他，便会引起他的无理性的公牛似的狂怒，这狂怒使妻子与瓷器都一样地打得粉碎，所以做女人的只要察看她的爱人的个人习惯，然后以这标准来制定她的规律。这意思就是男子创造法律女子执行它们——这是一种分配权利的聪明办法，因为她知道女子的执行的职务与使法律成立的那种创造能力是同样的重要。她十二分地情愿把创造的权力让给男子，只要他们同样地不干涉以后的工作的细微条目。因为在她想来，在寻求舒服这件事上男子们说起来并不是他们的体面实在比女子们更来得关心，他们利用抄近路的本能飞到他们的目的地，这种抄近路的方法女子是完全不熟悉的。

喀佛底太太看出那位已经搬来与她同住的少年实在是一位各种德行完备的人。孩子们一交给他手里，他便立刻同他们玩耍：这是一种秉性和善的记号。他认识她不到十分钟他就说了四个笑话：这是一种心地快乐的记号，他每早醒来总是高声不断地歌唱，这是一种乐观的确乎不可疑的表示。还有一层，给他预备饭食他吃的时候绝不有那种特别的、讨厌的察看，这种察看实在是侮辱，他还要称赞喀佛底太太的烹调的手段，她很喜欢有人承认她的能干。

玛丽与她母亲两人都带着一种由恭敬与友爱应该发生的钦慕心很注意地听这些琐碎的事情。莫须有太太的生活的孤独情形使她与青年隔离有如此之远甚至谈起一个年轻的男子来差不多像给了她一贴补药。她并不想再要第二个丈夫，但是她常常想要是有一个儿子她会多么高兴。她想没有青年男子生长的家庭不能算作一个家庭。她相信一个男孩子一定会爱他的母亲，即使不能比一个女儿的爱再多，至少也有一种异样的感情，这种感情一定是不可思议的甜美——一种鲁莽的，冲动的，不安静的爱；一种试验他母亲的爱到了裂点的爱；一种要求的，不管不顾的，当然的要求的爱，毫无疑问地承受她的好处正如她承受土地的膏腴一样，盲目地，趋奉地知道她有无穷尽的好处而用她：她可以为这个哭，这是无价的宝贵：一个男孩脸上的一笑可以使她心里高兴到极点。固然她的女孩儿已经是难以形容的可爱了，的确是她宽大的心中的一个小岛，但是要有一个男孩子……她的乳房可以为他充满了奶，她可以在乱石堆里，旷野里抚养他，他是她的生命，是她的冒险，保护暮年的一个屏障，一种解愁的符咒，一种芬芳，一段心事，一种淘气……

喀佛底太太对于她家里新添的那个人很满意，但是她希望可以从他的来而增加的利益却没有像她最初接洽时所想的那样大，这是十分显明的。那个少年仿佛有一个极大的饭量，喀佛底太太说起他的饭量来恭敬得像谈什么极大的极可怕的东西似的。半个面包只不过填满他的半根饥肠，他很可以风卷残云似的再收拾他那半个。因此他的来不但不能免去她想要躲避的破产，这破产反而来得更快更凄惨了。她不知道这情形应该怎样对付，这次她确是为了讨论这重大的事情来找莫须有太太。固然她很可以要求那位少年增加那公平的，两头不吃亏的饭钱，但是她又讨厌这类办法。她不愿意为了一个惹人注目的食量去责备或麻烦人家。无论如何她不喜欢为食物提出问题来：因为一有这种念头便有伤她的大量的气度，并且因为她自己也是一个食欲的奴隶者，或主人。她自己也因为这个食欲以致扰乱了她的财政，这种同情更使她原谅这个青年的缺点。

莫须有太太劝她一起首就应该用许多麦粥塞住那个少年的饥饿的需要，麦粥是一样价钱便宜，滋养的并且很使人满足的食物，这样，他对于贵的食物的消耗便可以受情理以内的限制了。她以为食量大多半是因为年纪轻。一个没有长成的男孩既然没有方法限制他的食欲，如果为了这样一个很合理的缺点要去侮辱他实在是不应该。

喀佛底太太想这办法很可以做得，她多谢她朋友给她的指导；但是玛丽，听了这些政治的事情，知道喀佛底太太这人不能再要求旁人的尊敬了。她可怜那位少年因为他的胃口如此受公然的讨论，可怜他为了他没有方法防卫的、疗治的饥饿，不定哪一天就会被逐出大门之外。

# 二十七

玛丽和喀佛底太太的那位房客不久便遇见了。有一天他从大门进来，玛丽正提着一大桶水上楼，一天之中要搬运两三次水桶实在是小家子的人的一桩吃力的事情。那个少年不顾她的推让、央告，立刻抢了水桶提上楼去了。他走在玛丽的前几步，走的时候很高兴的嘴里嘘嘘嘘地吹着哨，所以她能仔细地端详他。他很瘦，瘦得差不多要使她发笑，但是那个重水桶要是玛丽提了，腰也弯了，背也屈了，他提着却很轻便，像这样一个瘦人提着会这样轻便实在令人可惊，他走起来一纵一跳的，看了使人心里高兴的。他把水桶放在房门外，很恳切地要求她无论哪时候她要取水，只管打他的门，因为他给她做这种事情只有太高兴了，况且这又一点不麻烦的。当他说话时他偷偷地瞧她的脸，玛丽也在偷瞧他的脸，在他们发现彼此同时做这个事情的时候，两人立刻往他处看了，那个少年便走入自己屋子去了。

但是玛丽对于这个少年很生气。她下楼穿的是家常便衣，这衣服是不漂亮的，她不愿意叫无论哪一个少年瞧见她穿着不合这样一个时间的衣服。她不能想象她会同一个男子说话除非她像赴宴会去似的打扮好了的。她母亲有时提起的，与她自己时常梦见的那些先生、太太从来不穿敝衣的，那些先生总是穿着绿绸的短衣，袖口上缀着浪沫似的花边，同样华丽的材料瀑布似的在他们的胸前汹涌。那些太太衣服穿得很少，关于所以少穿的根本原则，虽然她认为是应该的，但是她不明白为什么。

真的，这时玛丽对于衣服的趣味远超过她从来所知道的别种趣味。她很熟悉葛莱夫登、威克洛与道森街上每爿衣服店的窗子里的内容。并且她能很聪明地奇怪地知道关于线或缝或边的显明的、微细的、但是非常重要的差别，分别出这一件衣服是属于时新的，而它的隔壁一件只不过属于寻常的。她与她母亲时常讨论到使她惊怪——她们的灵魂的自然的尊严配穿衣服。莫须有太太带着一种有些气不平的痕迹的谦卑承认她可以用颜色装扮的时期已经过去了。她断定一件黑绸衣服，胸前挂一条黄金粗链子最配她现在的灵魂。她不耐烦，差不多看不起，那些辉煌灿烂的灵魂不能与他们的物质的外表相称。她想一个人过了某个时代应该装饰身体，不应该装饰灵魂，她发现了这样东西是不能分离的，于是她主张一座破庙里应该有一位很小的神，一个丑陋的或败烂的躯壳不应该装饰得极华丽，不然，人家便要毁谤你是虚伪或愚笨。

但是她为玛丽计划衣服却带一种自由、勇敢的态度，这态度虽然使她女儿吃惊，同时也使她高兴。她将二十种不同的式样穿扎成一种令人可怕的独出心裁的新花样。她想出许多种，除去受神灵感动的针线外，无论什么工人做不出来的、复杂的衣服，还有许多种差不多简单到不能以言语形容的简单衣服。她讨论那些着地拖的肥大的长袍，十个侍女牵着都觉吃力的。她还听说过一种材料轻松、软薄的衣服，塞在核桃壳里比一件寻常衣服装在旅行箱内还便当。玛丽对于各种可能的衣服和不可能的衣服加以许多喜悦和羡慕的感叹，莫须有太太于是又温习她自从三岁起一直到今日所有她穿过的衣服，其中有结婚的礼服，穿孝的丧服，以及穿着出去野游的、跳舞的、旅行的衣服，说话间她又偶然岔入她的朋友和仇人在同时所穿的衣服。她解释衣服的基本的原则给玛丽听，告诉她在这艺术里，如同别的艺术一样，不能不照规矩的。有的衣服长子可以穿，矮子也许不可以，穿在一个胖女人身上的衣服给她的瘦小的妹子穿了仿佛是一件很可怜的孝衣。细条子的布料可以使一个矮女人显得高，粗条子可以减少一个高得难办的长子的高度。她解释各种大小的棋盘纹布、方格子布以及所有的杂乱的丝光布的用处，她又说明关于颜色深浅亮暗的奥秘，说得津津有味使玛丽听不够的。她很知道与脸黑的人相配的颜色和与脸白的人相配的颜色，她也知道合乎黑白之间的人的颜色，还有对于红头发的与沙颜色的人和那些没有一点颜色的人各有特别的办法。她定下几条她女儿奉为神圣的规则——一个人在家里应配好她的眼睛，在街上应该配好她的头发，这是第一条；一个人的帽子、手套、鞋子，比其余一切的衣服都重要，这是又一条；一个人的头发的颜色和袜子的颜色应该很相近似的，这是第三条。

接着她又告诉她女儿，一个女人不能不打扮好的，所有这些玛丽都牢牢地记在心里，还要求她妈再多教点给她，这是她妈很能够并且很愿意做的。

# 二十八

等到性欲的本能一经惹起的时候，所有人、狗、青蛙、硬壳虫，与在这个目录以内或以外的其他生物都很固执地想满足他们的野心。凡是引诱我们的或拒绝我们的那种东西我们都不大容易摆脱。爱与恨同样地吸引或强迫，因为这两种都是变态的，所以不管我们高兴或苦痛硬把我们拉着跟在它们的后面，直到最后我们盲目的固执不是被征服便是得安慰。我们按着境遇所吩咐我们的或是赞美或是切齿。世上没有比仇恨胜利再惨的悲剧，也没有一桩事情像仇恨失败那样可怜的无聊，因为仇恨就是终了，而终了是一个活动世界里的大罪恶。爱是一个开幕者，它在占领得来的山峰上展开它的旗子，永远向一个新的、更仁慈的冒险里冲锋。仇恨的胜利乃是从一个阴沟里得来的，这个阴沟外面看不见它的水平线，连一个跛脚的邮差也不会从这里走的。

自从玛丽从那个伟大的巡警的怀抱里逃走之后他想念她比往常格外厉害，不过她的小影现在是在愤怒的宝座上：他看见她仿佛是一个立刻就有迅雷疾电的阴沉的晴天。真的，她开始将他的精神占领了，连他姑母的侍候，和那个喜悦的姑娘的殷勤都不能给他一点安慰，不能使他断绝那个朦胧的蔓延在他与他照管车辆的职务之间的默想。如果他没有发现她的出身寒微，他的进行是简单的、直爽的；在现在这样情形之下，他的问题便变成每个男子的难题了——究竟他娶这位姑娘呢，还是那位姑娘呢？但是用来解释这种问题的数学，结果总会减轻他的困难，他可以十分自由地遵行所指示的路径于他的自爱一点不会有妨碍。无论他的倾向在哪方面游移，假使他心里有一种懊悔的苦痛（那是不能不有的），这样的感觉不是最后被他的理性所放弃，便是留着做一个有满足爱好的纪念。如今他既然知道玛丽的社会的卑贱，这个问题便复杂了。因为，虽然以后他要娶她做妻子这一层自然不成问题的，她最后那种恶待他的情形仿佛在他血里注射了一针病毒，这病毒的一半是要得到她身体的一种热情，一半是要报复仇恨的一种癫狂。假使一起首她就没有理他，他倒很容易抛弃她的；他在她现在的动作里看出她是不要他，这真使他恼怒，因为这是侵犯他的正当的权利——以先他只要伸出手去，她一定会像小猫似的驯服落在他的手里，现在呢，她居然会躲避他的手，真的，她会与他没有一点关系，这种情形是不能饶恕的。他一定很高兴打到她服从，一个小女孩子有什么权利可以拒绝一个男子的，况且是一个巡警的恳求？这是一种刁歪的心性，应该用一根短棍把它打直的。但是一个小姑娘在她没有嫁我们之前我们不能自重地甚至于安静地揪打，因此他不得不放弃那个宝贵的念头。他应该用她所该受的鄙视将她从他脑筋里驱除出去，但是，啊呀！他不能：她如同耳垂似的黏着不去，除非将她占领了或把她打一顿——两个都是可怕的办法——因为她已经变成他所憎恶的宝贝。他的感觉与他的自尊互相设法把她扶在一个高台上，而他只能惊愕地向上看——本来在他低下的那个她现在会比他高！这是可惊骇的：她一定得从她的尊高被拉下来，再用他自己的愤怒的脚底把她践踏回到她原来的低微，然后她可以再被荣耀地举起来，用一只和平的、宽恩的男子的手发放饶赦与恩典，或者因为她的伤痕还赐给她一种抚慰的膏药。伤痕！一膝踝，一胳膊肘子——这都不算什么；一点儿伤口只要亲一下立刻就好的。可以用男子的接吻医治的伤痕女子会不宝贵吗？自然与先例都赌誓证明这话是对的……但是她是在他范围之外的：无论他的手伸到多高，也够不着她。他急疾地走到凤凰公园，到圣司蒂芬公园，又到郊外有树荫的地方同隐蔽的小路上，但是那里也没有她。他甚至于到她住宅的附近去探访，也不能遇见她。有一次他看见玛丽在路上走来，他便退缩到一家门洞里。一个年轻的男子在她旁边，滔滔不绝地说着话，玛丽对他也是同样的多谈。他们俩过去的时候，玛丽看见了他，脸上便红晕起来。她挽着她的同伴的手臂，两人放开大步急忙地走了……她对他从来不曾大谈过。永远是他一个人说话，而她总是一个服从的、感谢的听者。他从来没有不高兴她的缄默，但是她的隐晦——这是一种假装，比假装更坏，一种欺骗，一种假面具与蒙蔽着的虚伪。她很情愿地服从他，但是她的周围罩上一个隐藏的、保护的盔甲，她躲藏在这盔甲里可以不受那种制胜的军器的伤害。一个战胜者难道没有掳掠品吗？我们要求城墙上的钥匙以及无限制的出入，不然我们的火把又要放光了。这位有说有话的玛丽是他向来没有见过的。就是在他面前她尚且还将自己隐藏起来。在各方面看起来她是一个淘气的。可是她能对那个与她同在的东西说话……一个干瘪的贱东西，像这样的人只要男子的一口气便可以把他吹到极远，吹到四分五裂的没有了。这个男子不又是一种侮辱吗？难道她连埋葬她的死人还等不及吗？呸！她不值得他想念。一个女子这样的容易被引诱，可以随便吹到这里，吹到那里，她也看不出什么不同来。这里和那里在她看来都是一样的地方，他和他都是一样的人。像那样的女子没有好结果的：他见识过不少了，这种样子与这种结果永远不分离的。一个人难道不能就事实预言吗？这时他眼前仿佛看见在穷人窟里的一个坏妇人，一个卖淫女子在一个黑暗的门口徘徊，这个幻象使他忽然非常高兴，可是到了第二分钟便离开他了，这是她扑着翅膀带着大嘲笑的声音挤了进来。

他的姑妈从他紧蹙的眉心里推想到他的职业上的重大

责任，心里很为他可怜，她为他从来所没有想到过的事情瞎难过，因此使他的好脾气的最末一点也离开了他，他便张口大骂她，骂得她惊惶起来。那另一个快乐的姑娘的那种甜美的味儿上从来没有尝过，只不过摆着做样子，她曾在他的面前默默地想心思：她有时候仿佛质问似的飞他一眼……她得小心点，不然他的火气要直冲到她牙齿里：大的声音吓到她的喉咙里吓得她昏迷过去。这时应该有一个人显出一种看得见的、摸得出的痛苦可以与他做对偶。难道法律所追究的没有比偷一只手表再深的吗？有人偷了我们的自尊难道还可以逍遥法外？我们的灵魂对于他们的侵略者难道不能要求赔偿吗？总得有一个很富足的人修理他的裂痕，不然天堂便没有警察署公道，也许那个姑娘的运命应该替玛丽赎罪。使别人心里像他一样地难过，虽然是痛苦的，也是痛快的事情，应该叫别人难过的，他很残忍地决心要这样做。

# 二十九

喀佛底太太的房客与玛丽果然渐渐地亲密了，这并不是使了什么诡计。莫须有太太自从听了那个年轻男子的食量与他不得不满足这食量所经过的苦痛，她很为他提心。她总想那个孩子从来没有吃饱过，她对她女儿说起年轻人的贫苦格外的夸大其词。一个年轻姑娘所不能了解的那种身体孱弱都是因为营养永远不足。喀佛底太太是她的朋友，并且又是一个很好的、端正的妇人，什么谣言诬蔑她都是枉费：但是喀佛底太太乃是六个孩子的母亲，究竟不敢过于扩充她的天生的仁爱学以致妨害她的孩子们。再者，因为她丈夫的没有事更限制了她的大度。她知道喀佛底太太家里的瘠瘦的饭锅，她又看见那个年轻男子只得到喀佛底太太敢给他的一点食物，因此他的饥饿的苦痛差不多咬了她自己的生命。在这种情形之下她曾找了一个机会去同他亲近，这事很容易地成功了，所以玛丽看见他坐在她们的床上大嚼她们的半块面包，初见虽然有点惊愕，但是立刻就很高兴了。她妈带着一种恬静的愉快看着她们的食物的消失。虽然她的帮助不多，但是每一小块都有帮助，不但帮助了他的需要，并且他的食量满足之后连她的朋友，喀佛底太太，同她的孩子们也得了帮助。不然，这样的胃口竟可以妨碍他们全家的平安。

那个少年用一种很流畅的高谈阔论报答她们的厚意，说些莫须有太太和她女儿向来不大有机会可以研究的许多问题。他说了那些与少年们有关系的很有趣的问题，他对于各种问题的见解，虽然常很糊涂的，也很够有趣的，虽然常有孩子气的错误，但是不讨厌。他善于辩论，倒也颇能承受理性。因此莫须有太太有了她向来不大得到的讨论的机会。她不知不觉地占据了给他做指导的哲学的朋友的地位，而玛丽在他的谈论里也找到了新鲜的趣味，虽然那个少年的思想与她的很不同，他也曾按她所在的地位思过，所以暗中纠缠他心里的问题也就是深深占据她脑筋的问题。共同的糊涂也许像共同的利益一样地互相牵制。我们对于一个比我们智识多的男子或女子仿佛是怀疑的，但是我们对于那种只凭推测代替地图，只以优游代替指导的探险家，便许他用我们的手做他自己的手，把我们的钱袋做他自己的财产。

那个少年既然不比一只猫更怕羞，不久他便与玛丽晚上一同出去散步了。他是一爿大杂货店内的一个伙计，他告诉玛丽许多他们两人都认为很有趣的事情。因为在他的职业的地位内既有朋友也有仇人，这些人他可以用他们相配的流畅的话来讲。玛丽知道，比方说，那个大老板是秃子，但是人很端正（她看不出秃子与端正之间有什么自然的关系），还有那个二老板是一个既无德行又无胡子的人（她仿佛见他像一个鳖鱼似的有一双恶毒的眼睛）。他述说那许多在旁人只有一件，在他可是占全了的坏事（这样他一定是毛茸茸的）。言语，就是那位少年的言语，不能适当地形容他（他把男孩子当早餐吃，女孩子当茶喝）。那个少年与这个家伙永远不完的冲突（一只熊有两只小耳朵与一嘴巨牙）：不是公然的冲突，因为若是公然冲突他便立刻会被辞退（一点不是毛茸茸的——一条智识很充足的黏滑的鳗鱼），而是一种暗地里的不息的战争，这种战争占据了他们所有空闲的精神。那位少年知道总有一天他不得不打那家伙，这是一定的，可是那一天那个家伙准要倒霉的，因为他的力气其实可怕。他告诉玛丽被他打后的可怕的影响，但是玛丽看了少年的肌肉只有更怀疑。她口里称赞他的肌肉因为她想这是她应该尽的义务，但是对于它们的无敌的破坏性多少有点疑惑。有一次她问他能不能够与一个巡警决斗，他告诉她说巡警不能单独与人决斗，只可以仗人多合伙儿打，他们那打法是又狠又丑的，往往就靠他们那大脚靴子踢，所以体面人对于他们的决斗伎俩或他们的私人行为都看不起的。他告诉她不但他能打倒一个巡警，他还可以压服像这样的人的子子孙孙，并且可以一点不费力地做了。那位少年自己承认对于所有的巡警与大兵有一种激烈的恶感，他又把那些地主与许多劳动者的雇主也列入这些坏人的团体里。他骂这些人没有一个待人公道的。他说，一个巡警可以无缘无故地捉拿他的邻舍，如果对于他们的愤怒有所反抗，那个不幸的囚犯便要在他的监牢里被极凶猛地拉来拉去，直到他们的愤怒的威严缓和了为止。一个男人犯的要被捉拿的三种大罪就是酒醉、骚扰，或是拒绝战斗，可是这些都是青年男子所最容易犯的毛病，他对于武力很有趣味，并且还要批评他们的行为。他看见一个兵丁便会烦恼，因为他看见一个战胜者昂头阔步地在他国内的都城里经过，而他的本地不能驱逐这个骄傲的人实在使他惊讶，使他羞辱。地主们的心内丝毫没有感情的。他们这些人没有慈善的心肠，也不愿意帮助那些将全生命牺牲于他们的利益的人。他看他们好比是些懒惰、不生产的贪夫。他们口里永远嚷着“给，给”，但是他们从来不报恩的，只是有增不已地、侮辱人们的专横。还有许多雇主也列在这坏的一类里。他们是否认人类一切义务的人，他们看自己是万事的开始，也是万事的结局。他们满足他们的贪心并不是因为可以做他们同胞的恩主（只有这种正当的自由为我们所看得见的），只不过无聊地运用一点势力以达到财富所能得的赞美，至于给这种赞美的人实在是人类的大愚。这些人用完了他们的帮助者便一脚把他们踢得远远的，他们利用了他们的同胞，买了他们的同胞，又卖了他们的同胞，而他们的骄傲的自信与他们为他们的安全所聚集的伟大权力使他惊骇得仿佛这是一件不能相信的事情，虽然这是很真的。世上竟有这种事情使他烦恼得大声高呼了。他要把他们一个个指出来给大众看。他看见他的邻舍堵着耳朵，只要他能够刺破那些厚皮的听觉，他就是大声地喊到死也是愿意的。那些他以为极简单的难道人人都会不懂的！他可以看得很清楚而别人不能，虽然他们的眼睛笔直地向前看并且的确专心地有感觉地向四下乱转！难道他们的眼睛、耳朵、脑筋活动得与他的不同，或者他是一个特别的怪物，生下来便受了疯狂的害？有的时候他预备让人类与爱尔兰都倒他们自己的霉去，他很相信假使世上没有他，他们立刻灭亡尽了。

有的时候他说起爱尔兰用一种热烈的感情，这种感情假使说给一个妇人听未免太厉害。真的，他把她（指爱尔兰）看作一个女子，仿佛王后似的，很受苦但是很高傲，他为她提心吊胆，凡是爱她的男子都是他的骨肉弟兄。有几个字（爱尔兰的别名）的势力差不多可以催眠他——只于这几个名字稍稍念几遍便使他乐得发狂了。它们有奥秘的魔术的意义，这意义深深地刺入他的心弦，震得他使他发生一阵热烈的怜悯与爱感。他很想做出一番勇敢的、激烈的、伟大的事业，这事业可以收回她的信用，可以使爱尔兰人的名字与“伟大”或“独立”这两个字有同样的意义：因为他看不清这几个字意义的差别，如同别的少年以为强暴就是英雄，怪僻就是天才一样。他说起英国来带着一种仿佛惊吓的神气——仿佛一个小孩缩在一个漆黑的树林里讲那个鬼怪杀了他的父亲，掳了他的母亲，把她带到他的用枯骨建造的城堡里的一个可怕的监狱里——他这样地说英国。他看见一个英国人一手挽着一个王妃，凛凛可畏地大脚步地向前走，而他们的弟兄们与他们的武士们都是被困在魔术里倒头熟睡，不管人家侵犯他们的妇女，也不管人家污抹他们的盾牌……

“嗳，可怜可怜，那曾经一次荣耀过的班拔①民族！”

① 即爱尔兰。——编者。

# 三十

那位巡警来叩她门的时候，莫须有太太吃了一惊。她家的叩门声是很稀有的，因为有人来拜访她还是许多年以前的事情。近来喀佛底太太虽然不断来同她谈话，但是她从不叩门的：她寻常总是高声叫“我可以进来吗？”于是她就进来。这一次是一种有礼貌的叩门声不免使她惊讶，她看见那个高大的男子鞠躬着站在门口差不多使她气都噎住了。玛丽也是吓呆了，一动不动地站着，把一切礼貌都忘记了，只顾张着眼望着那个客人。她心里知道而又不知道他来是为什么，但是她多少可以立刻相信他来是与她有关系的，虽然她甚至于不能模糊地猜出那比较切近的他的来访的意思。他的眼睛盯了她一会儿，便转到她母亲的身上，他遵从了她的声音有些战栗的邀请，便走进屋来。屋内没有椅子坐，莫须有太太不得已请他床上坐，他如命坐下了。她以为他来也许是奥康诺太太叫他捎什么信来，她对于她所认为乱闯的这种拜访心里有点生气，所以，等他坐定之后，要听他说什么话。

甚至于连她也看出了那个高大的男子神情的迷乱，脸上的不好意思。他的帽子放得不是个地方，他的两手也是如此，他说话的声音燥涩得使人难受。这时玛丽退缩到屋子的尽底头，这种不舒服的说话对于她有一种特别的影响，这种摇撼不定的声音触动了她的胸头使她胸中像那声音一样的震荡，她的嗓子渐渐地发干，使她难过得禁不住一阵大咳，这件事情又加上因他的来所给她的那种刺激与惊慌逼得她万分的痛苦。但是她的眼睛不能离开他，她心里只是怀疑，又是害怕，不知他会说出什么话来。她知道他有许多事情可以讨论，不过这种事情她不愿意在她母亲面前听，并且她母亲听了也会不愿意。

他谈了一会儿天气，莫须有太太带着她没有设法隐藏的那种恍惚的神情倾耳听着他。她明知道他并不是要谈天气，假使有适当的机会她便要说破他。她也知道他的来访并不是一种礼貌的、友谊的往还——与他最末次的相见的回忆禁止她有这样的推测，因为那时候礼貌已经退位，让怒骂给占据了。假使他的姑妈派他来捎信给她，他说话用不着客套，只要报告他的消息便了，也犯不着为了这小小的职务就变成他现在这样的彷徨的形景。莫须有太太注视他的时候一种可怕的感觉触动了她，所以她问他有什么事情她可以给他做的时候，她的声音是一种很不自然的调子。

那个巡警突然用一种仿佛抛锚似的手势一直钻到他的问题的中心，他说话时莫须有太太脸上的颜色很快地由迷乱变成好奇，一时又迷惑起来，又变成一种空洞的惊愕。他说完了开场的几句话，她便扭转半个脸去注视玛丽，但是一种模糊的羞耻禁止她窥探她女儿的眼睛。玛丽待她不公道这件事情使她很快地很苦痛地觉到了：这里有一种应该信托给做母亲的秘密，一种她不相信玛丽会瞒着她的秘密，所以，她用自己的感觉来猜度她女儿的感觉，她拿定主意不去看她，为得怕她眼睛里的惊骇伤了她所爱的女孩，并且她知道这时她女孩的心里一定非常的苦痛——无容疑的那个男子是提议要娶她的女儿，这样一个提议的出乎意外使她心里吃惊；但是他们俩以先一定来往过不少次并且也曾求婚过这件事情于她是很明白了。玛丽也在昏迷中听他说话。这时难道一点没有方法脱离那个男子吗？像这样的一种脱不了身的黏胶她觉得实在可恨。她此刻感觉着仿佛她是一个被残忍的不顾虑的猎人所追赶的人。她仿佛听他在云端里说话，她心里只有一件事情明白的就是她知道她妈一定在那里揣想。她又是怕，又是惭愧，而那种年轻人往往用来当作避难所的愠怒仿佛像黑暗似的落在她心里。她的脸渐渐地沉重、空洞起来，她装作与过去的事情毫无关系似的眼望着她的面前。她一点不相信是诚意的：她的目前的不舒服证明他是一个只于居心要使她和她母亲两人吵架，好满足一种无处发泄的愤怒罢了。她心里三番两次地忽然火冒上来了，恨不得点着脚趾逃出这间屋子。在一晃之间，她便可以脱离这个地方，逃下楼梯，到了街上，走到无论哪里去。她的耳鸣与她的幻想一样的快，但是她知道她母亲的一句话便可以像屏风似的挡住她不让她走，她想起他可以看见她俯首服从的这种念头心里忿极了。

他说话时并不看玛丽。他告诉莫须有太太他十分爱她的女儿，他求她的允许赞成他求婚。他给她知道他同玛丽已经有许多次互相认识的机会，并且对于婚事的意见彼此都是一致——这时在莫须有太太的脑筋里想起以先她与她女儿曾经有一次谈话，那时候玛丽想要知道一个巡警是不是一个女子可以嫁的理想的人？现在她明白这句问话的意思了，这不是被一种可赞美的，差不多一种科学的好奇所引起的，乃是一个阴谋者在欺骗中所成就的那种有利害关系的、狡猾的推想。玛丽可以看出那个记忆在她妈脑筋里来回地飞舞，这事情很使她苦痛。她妈的心里也是不舒服——那里又没有椅子可以坐，她得站着听那个多少感觉点舒服的他坐在床上说那些话。假使她也坐着，她便可以驾驭她的思想，还可以很从容地对付眼前的情形，但是站着的时候要态度自如是不容易的：她的两手交叉着搁在胸前,这种像女学生的态度使她讨厌,也使她拘束。还有一层，那个男子所说的仿佛都是肺腑之言。至少他的话仿佛不是假的，并且挤出这些话来的那个目的也是真的。她不能够放纵她的感情同时能避免放蛮，这种放蛮就是她在愤怒之中也觉得是不该，真的，连一想起都要脸红。也许他的没有资格的主要原因是为他与奥康诺太太有关系，其实这一层不能算他的过失，并且她也很为他可怜。但是这确是一种不能挽救的缺点。他尽可以脱离他的职业，或他的宗教，或他的国家，但是他不能摆脱他的姑妈，因为他的皮肤底下带着她，他是她又加上一点别的东西，在有的时候莫须有太太从那巡警的眼内可以看见奥康诺太太小心翼翼地在那里看着她；他的前额的一扭像一个幽灵似的她隐约地现在那里,忽而消灭,忽而又出现了。这个男子是被她毁坏的。虽然他并不缺少知识，并且他愿娶她女儿的这个事实证明他不是像她所想象的那样完全不可救。

这时候，他说完了他爱她的女儿与他们两人的性质可以合得上来的话，他又谈到关于他的世俗的事情，如同他当巡警的薪水，他的位置的可以升迁，升迁之后薪水也就跟着增加，还有一定的养老恩俸。此外，他的父母死后也可以得到钱财的增加，或许别的亲戚死后也可以合理地希望收入的扩大。固然他一点不愿意谈到这些事情。但是那位莫须有太太的板板的态度与她女儿的含怒的无情强迫了他，虽然不愿意的，从他的军器库里掏出些虽然不是贵重的军器。他不料到她们会这样固执，他总以为那个大一点的妇人听他要娶她的女儿心里一定乐了，等到一看那拥护这个想象的据没有来，于是他不得不求告他以为占据在每个做苦工的中年妇人心里的那种贪心。但是这些话听完了，对方依旧是漠然无动于衷。他很可以在她所立的地方打她几下。他的身体不时地紧张到一种狂暴的、身体的爆发，一种感情的火热的狂怒，甚至于可以把这两个妇人吓得纳头跪倒，那时候他的一嚷可以把她们的惊叫压成了一点轻轻的低语，正如一个男子应该做的。然而他连停止说话都不敢，他竭力装作一种自如的、好脾气的、半不在意的态度表白他的事情，这种情形使他与那二位听者都是非常苦痛。还有她们两人站着也使他不得劲儿——像这样一个会见的空气所应该有的那种愉快的平等在一起首已给破坏了，已经坐下之后，他也不愿重新立起来。他觉得他的身子粘在他所坐的床上，他又觉得假使这时他立起身来，这间屋子里的紧张的程度会松懈到如此，那位莫须有太太会立刻说出冷嘲的决绝的话来，或者她的女儿同样决绝地破口辱骂他、拒绝他。他不敢正眼看她，但是从他眼角边可以看见她直挺挺地站在火炉面前，一种与他常见的柔顺的样子迥乎不同的态度差不多令人生厌。这时如果他身子能出这间屋子他一定会感谢上帝，但是如何可以逃出这屋子他就不知道了。他的自尊禁止他有如同不光荣的退避这一类事情。他的兴奋的精神不许他动一动。而刺激他身体与心理的表面的那个怒气只被一种怕惧的本能给压住了。他所怕的就是万一他动了，他怎么办呢？因此，他带着可怕的嬉戏的态度开始说到他自己，他个人的品行，他的节省和稳健——他拣那些凡为许多女子所依赖的各种德行说了。他又郑重其事地说他所犯的几种小毛病，他所以如此只因为说话而已，如同吸烟，喝杯葡萄酒，偶然花一个先令去赌跑马。

玛丽含怒地、专心听了他一会儿。她是他的非常的谈话之中的题目这个事实在一起首先就增加了她的思想的速度。假使这段事情不这样严重，她一定很高兴看她自己在这个奇怪的地位，并且可以抱定十分客观的态度尝试这个冒险的全体的精神。及至她听到他，“说到她的头上来了”，把所有他们两人在一块儿散步，到饭店里吃饭，在大街上、公园里游玩，这一次那一次他对她说的什么话，以及她对于这个问题、那个问题所说的话一齐在她母亲面前和盘托出了之后，她看他不过是一个恶毒的、不受教育的人，后来他竟暗示她之对于婚姻与他一样的热心，把一个须在第二人面前拒绝他的可怕的责任放到她的身上，于是她关上了她的思想，按住了她的耳朵不去理他，她决意拒绝去听他的说话，虽然她的知觉依然辨认他谈话的意思。她听他的话是一种沉重的、乏味的嗡嗡之声，好像是从浓雾里传来似的。她打定主意假定他们两人之中无论哪一个问她什么话，她会给一个老不答复，眼也不朝他们，后来她又想她要蹬足怒声说她恨他，他看不起她因为她给他的姑妈做工，他为她惭愧，与她绝交都因为她穷苦，他同她散步，同时又和别的女子散步，他的追随她只因为要缠扰她，她不爱他，她甚至于不喜欢他，真的，她从心里不喜欢他。她愿意把所有这些话从一口急气里大声说出来，但是她唯恐在她没有开口之前脸先红了，或者更甚于此，竟会大哭起来，失去了一切的庄严，这种庄严她要在他的面前维持，为得要给他看她那个正是为他得不到的最好的态度。

但是那个高大的男子的话已经说完了。他几次设法再要提到为他们两人的结合的希望，还有将来他们结婚之后倘得莫须有太太和他们同住实在是他的幸福。他不愿意发现玛丽对于这个问题有怀疑的态度，因为直到他走到她们的门口时他还没有怀疑到她会不愿意。她最近的躲避他，他当作这是女子的以退为进的战略。他深信那个不愿意的人是他自己——是他迁就她，他心里经过了一场很激烈的争执之后才能这样迁就。他很知道他的亲戚、他的朋友对于这件事的惊诧与不赞成，因为像他这样的地位这样体格的男子看姑娘们来都是些贱东西，就是最好的姑娘也只要一求便能到手的。因此，这位姑娘竟会认真地拒绝他的求婚真使他大吃一惊。可是他再没有别的话可说了，于是支吾着以至于缄默不说了。

有一两分钟的工夫这间小屋里非常的寂静，寂静得仿佛像无穷似的嗡嗡。于是莫须有太太叹了一口气。

“我不明白，”她说，“为什么你要告诉我这件事情，因为在你们两人来往之先我的女儿同你连一点暗示都没有给我。我不明白为什么玛丽或把这样一个秘密瞒着她的亲娘。也许我虐待她了，恐吓她了，虽然我不记得我做过什么事情会使她那样地背弃我，或者，也许，她想我不聪明，像她婚姻这样的大事我不会管，上帝是知道的，做老人的心眼儿最傻不过了，要不然她们便不会那样一年到头、一天到晚地，为她们的儿女做牛马吃苦头了。一个孩子因为她的母亲是个傻子使她不能信托而会说谎话、乱跑街，会同路上第一个向她颔首的男子跑，那是一点不稀奇的。当然，我不会希望像你这样身份的人来告诉我那件事，那是我也许在那里给你的姑母家里的厨房或过道擦地板，而你和别的人同坐在客厅里。当然我不过是一个做短工的老太婆，我心里想什么，或赞成什么，或不赞成什么，那有什么相干？我不是做了工得到我的工钱了吗，一个人在这世上还想要什么？至于你们俩结婚之后邀我与你们同住——这是你的好意，但是这不是我的意愿，因为假使我与你没有关系的时候我不喜欢你，等你做了我的女婿，我也未必就喜欢你。先生，请你原谅，我要说一句话，我们既然说话，最好痛痛快快地把话说出来，我的话就是这样，我从不曾喜欢过你，以后我也绝不会喜欢你，并且我愿意赶快看见我的女儿嫁给无论哪一个人，却不愿意看她嫁给你。但是，关于这一层实在也用不着我说，这不都是玛丽的事情吗？这是无可疑的，她同你一定会料理得很好的。现在她对于料理事情是一个熟手了，如同你一样。并且这也于我有好处，我可以从她学点东西。”

莫须有太太手里拿了一块破布，走到火炉旁去动手擦炉子。

那个高大的男子眼睛看着玛丽。这是他身上的责任应该说点什么。他有两次打算要说话，但每次他觉得他要说到关于天气的问题，他便止住了。玛丽并不看他；她的两眼牢牢地停在一块离着他的周围很远的墙上，这觉得她仿佛对于自己赌过咒一辈子不再看他了似的。但是这间屋内的十二分的寂静真有点难堪了。他知道他应该站起身来走出去，但他不能叫他的身子这样做。他的自爱，他的体力不许有一种很驯服的退让。这时他从恍惚、呆木中得到了一个念头——就是他曾爱顾的那个胆怯的小东西，假使他把那个问题直接问她，一定不至于找出强硬的勇气来对准了反对他，于是他又想要说话了。

“玛丽，你母亲气我们了。”他说，“我想她是应该生气的，但是以前我所以没有告诉她的缘故，我承认假使我做的是正当的事情我应该告诉的，是因为同她遇见的机会不多，并且没有一次遇见她同时没有旁人在那里的。我想你所以一点没有提起的缘故是因为你要等你自己同我有了十分的把握然后再说。我们两人没有把这件事情公开实在都错了，但是你母亲知道了我们不是有意触犯她或者在她背后做了什么之后，也许她会原谅我们。你的母亲仿佛是在恨我，我不知道为什么，因为她还一点不知道我，并且我从来不曾做什么难为她的事情或说一句反抗她的话。也许等到她知道我如同你知道我一样的时候她会改变她的思想的，但是你知道我爱你比爱谁都厉害，我会叫你高兴，会做你的好丈夫。当着你母亲面前我要问你的话是——你肯嫁我吗？”

玛丽没有答复。她不看也不表示一点她已经听见了的神气。但是现在是她没有胆量看他。被她与她母亲两人所窘的那个高大男子恳切地向她求情，虽然她和他明知道这是白求，假使这时她看了他的样子，她一定会伤心。她不得不佩服他所做的这种男性的奋斗。连她立刻所能觉察的，他的说话的诡计与手段差不多都能感动她流下泪来；但是她心里非常害怕，万一她接触了他的视线，她也许无力抵抗他的大失望了，不一定她会被强迫去做无论什么他所要求的，甚至于违反她自己的意思的事情。

在他问话之后的寂静很沉重地压在他们大家的身上。这时只有莫须有太太打破了这个寂静，她手里擦着那个火炉格子，嘴里开始哼一个调子。她意思要表示她对于这事情真没有介意，但是在玛丽的沉默的面前，她可不能维持这种逍遥的态度了。过了一会儿她便绕到这边来开口说：

“为什么你不答复那位先生，玛丽？”

玛丽转过来看她，而她忍了好久的两包眼泪这时充满了她的两眼：虽然她还能使她的态度镇静，可是再也不能支配她的眼泪了。

“娘要问我什么我一定答复。”她小声说。

“那么，告诉那位先生你究竟愿意不愿意嫁他。”

“我不要嫁什么人。”玛丽说。

“并不要你嫁什么人，孩子，”莫须有太太说，“但是有一个人——这里这位先生，他的名字我并不知道。你知道他的名字吗？”

“不知道。”玛丽说。

“我的名字——”那个巡警开始说。

“那没有什么要紧，先生，”莫须有太太说，“你愿意嫁这位先生，玛丽？”

“不。”玛丽小声说。

“你爱他吗？”

玛丽扭过整个身子去躲避他。

“不。”她又小声地说。

“你想将来你会爱他吗？”

这时她心里所感觉的如同一只被追逐到一个犄角里的老鼠所感觉的一样。但是这事的结局一定是很近了，这件事情不能永远不完的，因为世上没有永远不完的事情的。她的嘴唇焦燥了，她的眼睛发烧了。她恨不得这时躺下，睡熟了再醒来，笑眯眯地说——“这是一场梦。”

她的答复差不多听不见了。“不。”她说。

“你有十分把握吗？最好永远能有十分的把握。”

她不再答复，只把轻轻的一点头作为给她母亲所需要的答复。

“你瞧，先生，”莫须有太太说，“你是误会了。我的女儿年纪还轻，还没有心思想到婚姻这类的事情。孩子们是没有心思的。实在对不起得很，她给了你这许多的麻烦，还要——”她忽然有点追悔，因为这时那个男子站了起来，脸上没有一点奥康诺太太的痕迹，只是沉重、严厉得如同一块砖墙似的。“请你此刻不要想我们太坏了，”莫须有太太有点惶遽不安地说，“总之这个孩子年纪太轻还不能向她求婚。也许一年或两年之后——我说的事情是我知道的，但是我不高兴，并且……”

那个高大的男子点一点头出去了。

玛丽跑到她母亲那里仿佛像一个病人似的悲痛起来，但是莫须有太太并不看她。她倒在床上，面朝着墙，她有好大工夫不同玛丽说话。

# 三十一

第二天，同喀佛底太太同居的那个少年进来的时候他露着一种很可怜的样子。他的衣服是被撕破了，他的脸上贴着几条长橡皮膏。虽然这样，他的神气倒是非常的快乐。他说他同人家决斗来，这是他生平第一次大决斗，而他居然一点没有受伤，这次的决斗就是牺牲一注年俸他也不愿错过的。

喀佛底太太听了非常的气愤，带了他一直走到莫须有太太屋里，他到那里又得把他的故事重讲一遍，给她们看他的伤痕叫她们可怜。这一次连喀佛底先生也进这屋里来了。他是一个高大迟钝的人，很舒服地留一嘴红色胡须——他的胡须非常红、非常显明，甚至这胡子差不多淹没了他其余的衣服，真的，仿佛是穿上一件衣服似的。他站在那里，那六个孩子在他的两腿间不息地钻出钻进，又轮流地踏他的脚背但是一点没有使他不舒服。当这少年叙述的时候喀佛底先生很庄重地时时用他右手的拳头使劲地打他的左手，并且要求把那个打人的人交给他。

那个少年说他回家的时候有一个天下少有的大人走近他的身边。这人他以先从未见过一面，他起初以为他要借洋火或问到某处去的路径，或类乎这样的事情，因此他住了脚步;谁知那大人一把揪住了他的肩膀说“你这坏小子”，于是他笑了一声，举起那一只手来猛然给了他一掌。他一扭身子闪开了这一掌，并且说“这是干吗的？”于是那大人狠狠地又给了他一掌。这样的事情一个堂堂的男子是不会忍受的，所以他举起左手来回了他一掌，又纵身过去用两条短胳膊给了他一顿，这一顿大概苦了那个家伙了，无论怎样那个家伙没有用畅他的方法……那少年伸出他的指节来，都是脱了皮的，流着血的，这是表示一种交战的证据，但是，他承认，你撞那个人的脸简直像撞一只煤袋一般。他们打了一回，两人都滑倒了，扭住在路上滚，他们躺在地上还你打我、我蹴你地厮打，这时一大群人跑过来把他们拉了。他们分手之后他看见那个大人举起他的拳头，那个拉他的人忽地一低头拔起脚来逃他的命去了，其余的也就走开了，那个大人便走到他所站的地方瞪着两只大眼看他的脸。这人的下颌突出在外的仿佛一把椅子的座位，他的胡须仿佛是一簇猪鬃。那个少年对他说："无缘无故的侮辱人你到底怎么回事？"这一刹那间那个高大个子转身走去了。这真是一场大决斗，那个少年说，但是那人的个子比他大得多。

讲这段故事的时候莫须有太太看了她女儿一两次。玛丽的脸色渐渐地发白，她微微一点头表示承认她母亲的揣测的正确，但是两人都觉得这时不必也不该说出她们的心意。那个少年不需要别人的怜悯也不要求报仇。他能有机会同一个有能耐的对手比武实在是非常的庆幸。他发现了他的勇敢超过他的力气，正如永远应该如此的，因为假使我们的弱小的臂膀不靠我们的强有力的眼睛的帮助，我们哪能够抵挡世上这些鬼怪呢？他对于这件事情表示的满意如同一个人得意一面胜利的旗子一样。莫须有太太也知道那个大人的举动只不过是他的刚强的投降者，他把他的刀不是好好地贡献给那位战胜者，乃是连咒带骂地掷给他的，他侮辱她们的朋友实在就是尽他所能的、很热烈的、印象很深的与她们告别。于是她们喂饱他、称赞他、夸奖他的喇叭的尖响，一直到他又得意满足他的英武。

他与玛丽并没有间断他们晚间的散步。对于这事莫须有太太心里已经很有数了，虽然她没有说出来，可是她曾用过一番心思去察考他们两人的亲密逐渐发展，她看到这样心里一半是许可，一半是苦痛。因为关于她女儿已经不再是一个可以用权威管束、引导的孩子，这一层她是很明白了。她的小姑娘已是一个大姑娘了，她已经长大了，并且急于要担负她自己生命内的事务。但是莫须有太太的母职也完了，她的手臂是空的。她是一个向来做惯母亲的人，无怪她现在不易放弃做妈的地位的特权，她的不平在她看来是正当而且有凭借的，因为她有大篇话可说，是是非非都是按着理性来的。我们借着知识与思想，只要用足工夫，总能看透一堵石墙的，因为我们看东西借用时间比借用眼力来得多。时间是校正各种近视眼的清晰的配景法，一个思想从时间里浮现出来如同一棵树浮现在自然界里同样的显明。莫须有太太看出十七年间学习为母的事情不加一点说明，一点不客气地自动地一笔勾销了。她的世界在一小时内倾塌了，遗留的灰烬撒满了她的头与前额。后来她才发现那碎屑是有价值的，那尘埃是黄金的：她的爱一点没有变动并且无论什么事情不能变动它的，依然好好地存在她的心里。她更发现了做父母不是一件玩耍，也不是一种权利，只不过是一种义务，这是骇人的思想，照顾小的直到小的能够照顾自己为止。她从前所需要的那种精细的照顾只是为现在的自由，她的嫩芽已经开花了，她不能再给加添花朵或香味了。凡是发现过的事情没有不是自然的，无论谁要拿他的脑门来反抗那个专制的强迫就是否认他自己的种族而承认他与野猪和山羊同类，因为猪羊可以用它们的铅脑门去反抗自然。世上还有共同的人类的平等，不单是血统的关系，还有性的关系，性也许可以受培养而长成一种密切的关系，比那不得不如此而片面地为母的热烈爱情更加宝贵，更加耐久，更加可爱。她在血统方面的职务已经尽了，现在是轮到她女儿担负她自己的职务，并且她会用那受智慧与好良心所指示的有意识的爱报答她母亲，这更可以证明她所受的教育。有了这一层，莫须有太太又可以很高兴地笑了，因为她的手臂不过空了一会儿。自然的继续除了特别情形永远是继续的。她知道胸怀与臂膀不会空多久的，因此，莫须有太太坐着默想将来没有别的不过是一种经验的延长，她很满足地笑了，因为一切都是很好。

# 三十二

假使意外的事情不常发生，人生便会是一个逻辑的、科学的进行，这种进行也许变成没有精神的、失去生命的目的而令人生厌，但是自然很狡猾地改变各种各样的方法，她用这些方法引诱或强迫我们去干那不是我们自己的、而是她的冒险。每个转弯角过去也许为一爿酒店或一座教堂，在那里也许有一个圣徒会沉沦，也许有一个罪人会悔过，在地平线之外你也许找着一个炸弹，一个酒醉的补锅匠，一只疯狗，或人家遗失的一个先令；这一类不期然的事情不论哪一种都可以强迫一个行路人在他走道的直线上拐上一个弯，另向一条岔道上走了去。这不期然的成分既然是在世间上极寻常的一件事，那我们就不应该板起脸来批评所有离奇的人物，或是断说——“这些事情是不会有的”——因为这些事情真的会有。设想你自己陷入一个黑夜的道上，面对着一个手拿凶器、帽子盖没脸的强盗，也许是一个完全不经的设想，但是你说这类的批评能有多少安慰给强盗？再设想一个穷到无可再穷的人居然会着了三个慈善的富翁，这是一种可能而且愉快的设想，我奇怪的是这类事情何以不多多逢着几次。只要最细小的凭证我就可以相信这类事情是有得逢着，只是平常为了某种缘故不很听得到罢了。

莫须有太太拆开了那夜邮差送来的信。她在未拆之前曾仔细研究过一番，又和她女儿讨论了所有会写这信的可能的人。那个信封是窄长的，信面上开的地名是一种快写而有笔力的字，m 的尾梢比别的字母特别长特别秀丽。此外，那个信封上又印着一只鲜红的，满嘴蓬松胡子的，傻笑着的狮子，他的右爪子内极轻便地，但是凶狠狠地擎着一把斧子，为得恐吓那些敢私拆他人信件的人。

信内是几个文件，像是一种重要的原文的副稿，其中有一封莫须有太太在那夜未上床之前读了总有万把遍。信上说的是两年多前有一位伯德哥·约瑟夫布拉地去世了。他的遗嘱是从纽约的一个地名很复杂的地方发的。他将下列的股份和股份保证金，还有以下所说的住宅、田地、大小房产以及世袭的财产，还有所有屋内的器具、书籍画片、好刻版、银器、细麻布、镜子、古玩、马车、酒、蜜酒，以及一切可消用的货品与凡是屋内的物件，还有所有当时放在银行里的存款与上文所说的那些股票、基金、股份和保证金等在后所生的利息，一总馈赠给他的亲爱的阿姊玛丽·爱利·莫须有，原姓是布拉地。莫须有太太流了泪，求上帝不要愚弄一个不但穷而且是老了的妇人。那封信要她第二天，或在她最早方便的时候到以上所说的地址去，并且可以帮助取到那个对于所说的遗嘱必需的遗嘱检验特许证的。这信是由泼拉的丢和葛兰布律师公所签的名。

第二天莫须有太太和玛丽同到那两人的事务所去，取出几封信和几个文件给他们检查，那两位慈善家，泼拉的丢和葛兰布，对于她们的真实认为很满意，并且对她们表示一种热心，只要那两个女子所想到的无论什么事情他们愿意立刻效劳。莫须有太太立时应用那实验学派的敕令，她把一切事情都交给绝对真理的试验石，她要求预支五十镑钱。她说出这可惊的数目心里尽在战栗，但说话的声音并不如此。他们签了一张支票，遣一个人送去，这人回来带了八张五镑钱的钞票此外又有十个金镑。莫须有太太把这些藏了起来，回到家里，惊怪她还是活着。电车没有把她轧死。汽车追她，她也闪开了。她一面将她的希望交给上帝，一面气急匆匆地把这心事诉说给那条拥挤的街道听。一个拐弯不打招呼的骑自行车的人她用上帝的名诅咒他，但她立刻把这咒诅收住了，换了祝福的口气，用一只苦痛的眼睛和一个祝福的声音对着那渐渐缩小的后背说话。有一会儿的工夫她和她女儿谁都没有说到她们的命运的变迁只隐隐地用些间接的方法；她们怕上帝听见，怕他的隆隆的笑声会震碎她们，虽然她们相信他。这日她们偷偷地，身上发烧地又出门去买……

次日早晨莫须有太太照旧又去做她的工。她打算做完了奥康诺太太的一星期的工作（也许不到一星期就完了）。她要用特别的注意，诚实的眼睛，真地、正直地、批评地审视看看那个妇人，这种态度她以先是不能有的。她对玛丽说，也许奥康诺太太会说到胰子的事情。也许那个妇人对于这种那种应该做的特别工作会提出些理论来。莫须有太太的黑眼睛含着一种安详的，一种人眼睛里少有的那种仁爱的愉快照着她的孩子。

那天晚上玛丽和那个和她们邻居同住的少年出去散步，这已成为他们二人的习惯了。那个少年现在喂得很饱，这饱他以先从来不会知道过，所以连饥饿的最微远的小小的一线、一丝、一点都不留了。他打算在无论哪里用点力，但是他不能，结果，他只是像一个吃饱了的人所能有的那种颓丧样子。现在他的饥饿已经没有了，他以为其余的一切也都没有了。他的饥饿，他的情人，他的希望，他的好看（因为他的伤痕已经成熟到完全受伤的成熟的紫色）一切都没有了，没有了。他将这话告诉玛丽，但她没有听他；他报告给那隆隆的天空，但是天空不理他。结果他只好闷声不响地傍着玛丽走，听她的计划、她的反复的心意，她要做的要买的东西，该送礼物的人和特别合乎这人或那人的礼物的种类，可以给钱的人与给多少钱，以及可以分配这些礼物的各种方法。她又说起帽子、衣服，与某处的新房子——一个想不到的，超乎地理之外的广大无垠的某地方。他们向前走得很久，直到那少年发生一个为他常有的感觉。“食物”这个字忽然仿佛是一个值得最活泼的谈论的题目。他的精神抖擞起来了。他不再像一个固体似的，空间也属于他了，占据他了并且属于他了，所以他心里有了一个小调。他是饿了，又是人类的朋友了。现在什么事情都可能。那个姑娘呢？她不是在他身旁吗？要使爱尔兰和人类复活吗？那也做得到，只要有一点闲工夫，凡是能想到的事情都能做，甚至他的好看都能恢复过来；他觉得他的伤痕的痛与紧，很实在的，欢喜的。他是一个命里注定要受伤的人，这些伤是他吃的肉，喝的饮料，是他的幸福，他的避难所，永远的避难所。我们不要理他罢，这时他很敏捷地走在玛丽身旁，用一个纤纤的手指探探他的半闭的眼睛，在他的眼睛完全闭上之前。因为那不幸的一掌这眼永远是半闭的。他的联盟与维持者就是饥饿，因为无论哪一个人，没有比饥饿再好的联盟：饥饿满足了，事情便完了。因为饥饿是生命、野心、好意和聪明，吃饱了就是所有这些的反面，就是贪婪、愚昧和衰败。

伤痕，除非它们是实在厉害，到后来总会好的，这没有别的原因，只因为它们非此不可。一切事物的无情的促迫或是趋向健康或是灭亡，或是生或是死，我们促迫我们的快乐或我们的苦痛到那逻辑的极端。因此，假使我们愿意活，我们一定得快乐。我们的脑袋也许是坚硬，但我们的心、我们的脚跟应该是很轻，不然我们便要灭亡。至于中庸之道——我们一点不必去理它；这也许不过是镀金的，这是很像用一种暗色的、声音不好听的锡制造的，甚至不值得一偷的。我们的宝贝，除非有人偷，于我们是毫无用处。有那别人不要的东西乃是违反生命的规则，因此，你的啤酒得要冒泡，你的妻子得要美丽，你的小小的真理里面得要有一个酸梅——因为这是这样的，你的啤酒等你的朋友尝了有味才是有味。你的太太等别人知道的时候你才能知道，你的小小真理得有香味，不然就得灭亡。你要求一个大的真理吗？那么，喔，大野心家！你应该躲开你的朋友们去安安静静地坐着，假使你坐得够长久了，够安静了，真理也许会到你这里来，但在一切东西之中只有这样东西你不能偷的，县议会里也不能给你的。这东西虽然不能传递，但你也许可以得到。这是说不了的，但不是想不了的，这是一定的，说不出理由地会产生，如同你产生一样，并且是同样很少直接的影响。很久很久以前那个世界刚在渺茫的开始的时候有一个不管不顾的快乐的少年，他说——“让真理到地狱里去”——它便往那里去了。这是他的不幸，他也跟着它去；这是我们的不幸，我们是他的子孙。恶这样东西不是把你杀了便是被你杀了（想到这里心里便舒服了），恶每向人类挑战总是我们胜利。但人类是胆怯的、相信中庸之道的、逃避的、退让的，不是他们的边境被那些黑暗的侵略者蹂躏了，不到他们的城池、仓库、避难的地方危急的时候他们是不愿意从事无论哪一个战争的。在那个我们称为进步的战争里，恶永远是进攻者但是被征服者，这正是应该的，因为要是没有了攻击和劫掠，人类也许就会昏睡在他的粮食袋上，也就会鼾睡而死；或者换句话说，缺少这些警醒和冒险，人类也许变成自满和固定了，被那道德的呆板的密度给压死了。生命中最有价值的要素，善之外就是恶。因为这两种的交相动作万事才有可能，因此（也许为你所喜欢的别的理由）让我们对那个勇敢的坏巡警友谊地摇一摇手，他的思想不是受那发给所有新兵的军营规则的管束的，他虽然投在维持秩序的兵队里，但他的灵魂里有那种混乱或许可以“使一个跳舞的明星出现”。

至于玛丽呢——单从日常普通的礼貌说，骤然的分别也该皱一皱眉头，何况我们陪伴着她已如此的长久，从小女孩子的不关心的简单时代起到成年的同样不关心的但是复杂的事情的时代止。她的前途很远，记载她的历史的人未必是她的指导者。她会有冒险，因为人人都有的。她会战胜冒险，因为人人都能战胜的。她也许会遇见比那个巡警更勇敢、更坏的人——我们把她留住吗？至少我这个人因为有别的紧要的事，只好吻一吻她的手指，脱一脱我的帽子，站在一旁，你也得同样地做，因为我愿意你这样。她要向前走，那时，做那命运所愿意的事情，命运愿意的事她不能少做，多做我们谁也不能希望的。

玛丽·莫须有的故事，至此为止。